Diderot

Paradoxe sur le comédien

suivi de

Lettres sur le théâtre à Madame Riccoboni et à Mademoiselle Jodin

Édition présentée, établie et annotée par Robert Abirached

Professeur émérite
à l'Université de Paris X

Gallimard

PREFACE

Toute sa vie durant, Diderot n'a cessé de subir la fascination du théâtre. Dès Les Bijoux indiscrets, *sa première œuvre de fiction, il lui fait une place dans ses propos ; en 1757 et en 1758, lorsqu'il publie* Le Fils naturel *et* Le Père de famille, *il joint à chacune de ces deux pièces un essai théorique fondamental, sur les structures de l'art dramatique et sur sa fonction dans le monde moderne ; échoue-t-il à la scène qu'il n'en poursuit pas moins sa réflexion, à travers ses lettres et ses articles dans la* Correspondance littéraire *de* Grimm ; *esquissé en 1769, son* Paradoxe sur le comédien *s'enrichit et se précise au fil des années, en 1773 d'abord, puis en 1779 ; en 1777, Diderot écrit la première version de* Est-il bon ? Est-il méchant ?, *à quoi il donnera sa forme définitive en 1781 ; on a retrouvé enfin dans ses papiers une dizaine de canevas plus ou moins fouillés, comme* Le Shérif, Les Deux Amis *ou* Le Mari libertin puni, *et même un petit acte inspiré de Gessner,* Les Pères malheureux.*

Voilà donc un écrivain à qui les historiens du théâtre ont longtemps dénié un statut de premier plan et dont

*l'art dramatique a peut-être été la préoccupation
majeure : on commence aujourd'hui à mesurer
l'importance de sa contribution en ce domaine et à
soupçonner qu'elle fait de lui l'égal des plus grands
théoriciens. Mais, plus profondément, le théâtre
informe la démarche même de Diderot romancier, de
Diderot philosophe, de Diderot critique : c'est par le
dialogue et par le mouvement que sa pensée opère
presque toujours, allant du pour au contre, alliant la
parole et la pantomime, suscitant sans relâche son
double, procédant à travers les voix contradictoires de
l'imaginaire et du réel. Le premier et l'essentiel
personnage de Diderot, c'est bien le « philosophe » à
deux faces, dont les avatars sur la scène s'appellent
Dorval, Germeuil ou Hardouin, mais qui développe
son rôle dans l'œuvre tout entière. Parfois le théâtre y
affleure avec une parfaite évidence, comme dans* Le
Neveu de Rameau *ou dans* Jacques le Fataliste, *mais
il est présent aussi aux endroits où il paraît le moins :
l'imagination de Diderot est en effet proprement
théâtrale, qui corrige la réalité et l'explique en la
projetant dans des figures idéales ; chez lui, le monde
est « mis en scène » pour être déchiffré et les contradictions trouvent leur clé dans le jeu des images. Aussi
bien, avant d'être une technique et un univers de
formes, le théâtre représente d'abord pour Diderot le
lieu privilégié où il appréhende sa propre unité.*

Un miroir à deux faces

Relisons Le Fils naturel *et* Le Père de famille. *Ce
qu'on y saisit tout d'abord, c'est Diderot rêvant :*

obsédé par sa rupture avec son père, qui lui avait refusé l'autorisation d'épouser Antoinette Champion, poursuivi par un obscur sentiment de culpabilité, parce qu'il avait violé l'ordre paternel, il revient sur ce passé récent, mais ce n'est point pour en écrire l'histoire ; c'est pour le transposer dans l'espace de la fiction et pour en résoudre les difficultés dans le monde du théâtre. Ce qui domine Le Fils naturel, *c'est la figure du Père absent, Lysimond, qui a commis par son mariage le péché de Diderot et qui en est absous à la fin de la pièce. Dans* Le Père de famille, *l'image paternelle devient d'une part celle du Père impuissant (M. d'Orbesson), dont la bonté est annulée par la faiblesse et demeure sans prise sur les événements ; mais, se dédoublant, elle se confond d'autre part avec les notions mêmes de tyrannie, d'injustice et d'aveuglement brutal dans le personnage du Commandeur : innommé ici, parce que déchu de son piédestal, le Père trouve un substitut qui ne saurait tromper personne ; un peu comme dans* Tartuffe, *c'est sa face mauvaise qui reçoit le châtiment. Dans* Les Pères malheureux, « petite tragédie en prose et en un acte », *on voit Diderot faire de nouvelles variations, encore plus explicites, sur ce même schéma : un père de famille, probe et digne, ne peut pas nourrir ses enfants ; réduit à la misère par son père, qui l'a chassé à la suite de son mariage, il songe à se suicider quand un hasard le met en présence de « l'auteur de ses jours » ; vaincu par le remords, celui-ci cherchait son fils à travers le monde pour réparer sa dureté. Et Diderot conclut :* « Il n'y a plus de coupables, nous sommes tous heureux. » *Tous les voiles tombant, la pièce s'achève sur cette réplique :* « Entrons, mon père, entrons ; vous connaîtrez* *quelle femme le ciel m'avait destinée; vous saurez tout.* »

Point n'est besoin de recourir à la psychanalyse pour comprendre la portée de ce thème quasi obsessionnel chez Diderot, et pour évaluer à sa juste mesure la première fonction qu'il a assignée au théâtre : le drame, ici, annule les aspérités du réel et substitue la cohérence de ses images aux dangereux phantasmes de la vie; il justifie à la fois le fils et le père, dont l'égarement passager se trouve effacé, et c'est sous le signe de la vérité — devenue irréfutable — que cette réunion s'opère. Peu importe, à ce niveau de la recherche, la réaction du spectateur : il n'est là que pour authentifier encore plus, s'il le faut, la version théâtrale des événements. Ce qui est primordial, en revanche, c'est que puisse être « jouée » cette version : de romanesque, elle deviendra alors réelle. Aussi Diderot nous fait-il remarquer dans la préface du Fils naturel *que la pièce a été transcrite (plus encore qu'écrite) sur la demande expresse de Lysimond. Mieux : c'est le père qui insiste pour que, tous les ans, de génération en génération, le drame soit représenté dans le salon de la famille. « Les choses que nous avons dites, nous les redirions. Tes enfants en feraient autant, dit-il à Dorval, et les leurs, et leurs descendants. Et je me survivrais à moi-même, et j'irais converser ainsi, d'âge en âge, avec tous mes neveux. »*

On ne saurait reconnaître plus clairement la nature cathartique du théâtre, qui devient ainsi le rival de la vie en lui opposant sa propre logique et en lui imprimant sa marque de vérité. D'où l'attachement de Diderot à la morale et à la vertu, qui ne sont pas à ses yeux de simples ingrédients nécessaires à l'art dramati-

que, mais qui se confondent avec sa finalité la mieux
comprise. *Non qu'il se contente, comme on l'a
souvent affirmé, de reconduire purement et simplement en cette matière les préceptes de l'art classique,
pour qui le théâtre devait instruire en amusant ou en
suscitant la pitié : la morale, dans l'univers de Diderot, c'est d'abord ce qui réconcilie l'homme avec lui-
même, moins dans un repos définitivement conquis
que dans une entente provisoire, que le théâtre est seul
à pouvoir susciter car il est sans rival dès qu'il s'agit de
créer des « impressions ». La morale, c'est également
ce qui rapproche les hommes les uns des autres, dans
la communion factice du parterre (mais connaît-on
des communautés artificielles qui soient plus durables
ou plus profondes ?) : là, se trouvent pour un moment
modifiées ou suspendues les lois implacables du réel,
au bénéfice d'une vérité plus profonde ; là, peut se
répéter à l'échelle de la société l'opération de remise en
ordre que Diderot a commencé par tenter pour son
propre compte dans* Le Fils naturel *et dans* Le Père de
famille.

Voilà pourquoi, me semble-t-il, l'émotion joue un
tel rôle dans la dramaturgie de Diderot : le théâtre
manque son but, selon lui, s'il se fonde sur la raison
universelle ; voué au didactisme, il ne peut réussir à
imposer ses leçons qu'en s'adressant au moi secret de
chaque spectateur et qu'en rompant sa solitude. Pour
percer les carapaces les plus dures, il n'y a que le
pathétique du drame : « Le parterre de la comédie est
le seul endroit où les larmes de l'homme vertueux et du
méchant soient confondues. Là, le méchant s'irrite
contre des injustices qu'il aurait commises, compatit à
des maux qu'il aurait occasionnés et s'indigne contre*

un homme de son propre caractère. Mais l'impression est reçue ; elle demeure en nous, malgré nous ; et le méchant sort de sa loge, moins disposé à faire le mal que s'il eût été gourmandé par un orateur sévère et dur [1]. » *Oui, tout est suspendu à ce point : il faut que le spectateur se sente personnellement interpellé et mis en cause pour qu'il voie les deux faces du miroir qu'on lui tend ; d'une réalité première, en un premier temps reconnue, il passera ainsi à la réalité seconde que le théâtre lui annonce et lui donne. Mais, pour que cette opération capitale puisse se dérouler, encore faut-il que le théâtre brise les entraves où, en dépit du bon sens, il se trouve encore corseté ; s'il veut jouer son rôle dans le monde moderne, il est nécessaire qu'à son tour il emprunte un langage moderne : art de société, il doit avant toute chose s'adapter à la société où il se produit, faute de quoi il se condamnerait très vite à devenir inintelligible ou purement frivole.*

Ainsi Diderot est-il entraîné, pour rester fidèle à son premier propos, à réfléchir sur la condition faite au théâtre dans la France et dans l'Europe de son temps : en s'engageant dans l'entreprise de libération personnelle que nous avons dite, il est du même coup conduit à élaborer un projet de réforme pour l'art dramatique tout entier. Il se rend compte que tout est mis en jeu, à la fois, dans la démarche qu'il a choisie : la collusion du théâtre avec l'imaginaire, ses rapports avec le monde contemporain, et plus encore la technique dramatique elle-même, de la scénographie à la définition du langage, de l'espace et du jeu.

---

1. *Discours sur la poésie dramatique*, II.

Pour un nouveau théâtre

Avant toute chose, Diderot propose de laisser mourir les formes théâtrales agonisantes : faites pour une société révolue, issues d'une culture dépassée, fondées sur une rhétorique maintenue artificiellement, elles ne sont guère susceptibles de se renouveler. Mieux vaut dresser leur acte de décès, avec tout le respect qui convient aux chefs-d'œuvre qu'elles ont produits. C'est en pure perte que Crébillon et Voltaire se sont acharnés à moderniser la tragédie ; quant à la comédie selon Molière, sa postérité est depuis belle lurette gagnée par la sclérose et par le conformisme. Cette querelle des Anciens et des Modernes, de siècle en siècle recommencée, Diderot va l'éclairer d'un jour particulièrement vif, et les temps nouveaux lui donneront raison. L'argument décisif qui fonde son réquisitoire, il l'esquisse à peine, mais il est sans réplique, la preuve en a été faite depuis : un autre monde est bien en train de naître sous les règnes de Louis XV et de Louis XVI ; quand il aura fini de se dégager des décombres, la société qui en résultera inventera son propre théâtre sous les couleurs mêmes que Diderot avait pressenties. Ce qu'il annonce, en effet, dès le milieu du XVIIIe siècle, ce n'est pas seulement Beaumarchais et la prodigieuse floraison du drame bourgeois jusqu'aux années 1800 : au-delà même de Schiller et de Goethe, beaucoup plus encore que le drame romantique, c'est le théâtre de la civilisation industrielle qu'il pressent, tel qu'il va se développer de Scribe et d'Augier à Porto-Riche et à Bataille.

Diderot, pour l'heure, veut hâter l'avènement de la

« *tragédie domestique et bourgeoise* », *faite pour
toucher immédiatement le commun des mortels, toutes
barrières de culture abolies. Esquissé par Nivelle de la
Chaussée et les auteurs de comédies larmoyantes, ce
théâtre nouveau aura à choisir ses personnages dans
l'humanité moyenne et à les mettre aux prises avec des
situations qui puissent se produire dans la vie de tous
les jours : ni bouffonnes ni merveilleuses, ni grotes-
ques ni métaphysiques, mais tout simplement
« sérieuses », comme M. Tout-le-monde ne manque
pas d'en affronter de semblables, « ici et maintenant ».*

   *Première conséquence de cette proposition : il
devient désormais impossible de porter au théâtre des
caractères ou des passions abstraits de leur contexte ; il
faudra donner un état civil aux Phèdres et aux
Chimènes modernes, ou, à tout le moins, les situer
précisément dans la géographie sociale. Et cela, pour
la raison même que les théoriciens du xviie siècle
alléguaient pour les personnages des tragédies et des
comédies : « Il faut absolument que [le spectateur]
s'applique ce qu'il entend. » C'est que le public a
changé : les nouveaux amateurs de théâtre ignorent le
code mis au point par le classicisme ; loin de les
heurter, un certain pittoresque, qui individualise tout
ce qu'il touche, est devenu pour eux le garant même de
la vraisemblance ; incapables ou insoucieux de s'intéresser à l'homme de toujours, ils demandent à voir le
Français de 1760, voire le Parisien de telle classe
sociale, porté sur la scène et confronté aux mêmes
problèmes qu'eux : l'argent, la famille, le mariage,
par exemple. Aussi Diderot avance-t-il la notion de
« condition » pour servir de base au théâtre moderne.*

Il voudrait qu' « on jouât l'homme de lettres, le philosophe, le commerçant, le juge, l'avocat, le politique, le citoyen, le magistrat, le financier, le grand seigneur, l'intendant ». Et « ajoutez à cela toutes les relations : le père de famille, l'époux, la sœur, les frères » : voilà le moyen d'intégrer au théâtre le monde contemporain, où tous les états de la société commencent à se mêler, et d'en refléter ensuite l'évolution, puisque tout change si vite désormais.

Des conditions, découleront les caractères. Ou, plus exactement, ils seront produits par les situations, elles-mêmes engendrées par la vie sociale et par la nature : le drame, ainsi considéré, exclut à la fois le tragique et le comique, mais il y a d'autres intérêts au théâtre que la terreur ou le rire ; c'est cette voie presque entièrement neuve qu'il s'agit d'explorer. Si l'on s'y engage avec Diderot, on comprendra d'abord que le théâtre ne doit plus être fait exclusivement de langage, mais qu'il doit s'approprier les ressources du geste, du décor, de la musique : à la tirade, il faut substituer une parole simple, qui tire son pathétique de sa convenance à la situation où elle est proférée, mais qui puisse également s'intégrer à des « tableaux ». Au coup de théâtre, en effet, cet « incident imprévu qui se passe en action et qui change subitement l'état des personnages », le dramaturge moderne préférera sans hésiter le tableau, qui est « une disposition de ces personnages sur la scène, si naturelle et si vraie, que, rendue fidèlement par un peintre, elle... plairait sur la toile ».

On se tromperait fort en exagérant, d'après ces idées, le réalisme de Diderot. Si l'on peut parler ici d'une fidélité à la nature, c'est d'une fidélité délibéré-

ment et systématiquement stylisée : la comparaison avec la peinture suffirait à elle seule à éclairer cette difficulté, puisque la scène ne ferait qu'offrir au spectateur « autant de tableaux réels qu'il y aurait dans l'action de moments favorables au peintre ». C'est un semblable regard qui opérerait, ici et là, sa lecture propre du réel, en choisissant et en interprétant : car nul, plus que Diderot, n'est conscient de la différence qui existe entre l'art et la réalité ; ce qu'il se propose, ce n'est aucunement de condamner le théâtre à un vérisme avant la lettre, mais bien d'étendre le registre de ses possibilités. Lorsqu'il donne de la vraisemblance une définition plus limitée que les classiques, il reconnaît en même temps qu'elle ne saurait être traduite sur la scène autrement que par les moyens spécifiques du théâtre. « Nous ne confondons ni vous ni moi, dit-il avec la plus grande netteté, l'homme qui vit, pense, agit et se meut au milieu des autres, et l'homme enthousiaste, qui prend la plume, l'archet, le pinceau, ou qui monte sur les tréteaux. Hors de lui, il est tout ce qu'il plaît à l'art qui le domine… » Une fois bradées les règles imposées par les classiques et le théâtre libéré de leur insupportable tutelle, il reste donc au dramaturge à évaluer exactement les pouvoirs dont il dispose. Au théâtre, la façon de dire importe au moins autant que ce qu'on dit : je ne crois pas que beaucoup de théoriciens de l'art dramatique aient prêté une aussi grande attention que Diderot à cette vérité élémentaire, dont il a fait la clé de voûte de son système.

La « physique » du théâtre

« Une pièce est moins faite pour être lue que pour être représentée » : il faut prendre au pied de la lettre cette affirmation qui commande toute l'attitude de Diderot en face du théâtre. Non seulement, nous l'avons dit, Diderot tient que le langage ne constitue pas le tout de l'art dramatique, mais il considère que l'intrigue elle-même est secondaire, sur une scène. « Tout doit être clair pour le spectateur, dit-il. Confident de chaque personnage, instruit de ce qui s'est passé et de ce qui se passe, il y a cent moments où l'on n'a rien de mieux à faire que de lui déclarer nettement ce qui se passera. » Il va jusqu'à rêver d'écrire un drame dont le dénouement serait annoncé dès la première scène et où l'illusion théâtrale pourrait jouer à l'état pur, sans aucune collusion avec le romanesque. Car il ne faut chercher la magie du théâtre nulle part ailleurs que dans une sorte de « physique » propre à lui-même et qui l'apparente étroitement à un artisanat : Diderot a pressenti l'un des premiers — il a été en tout cas le premier écrivain à l'exprimer aussi nettement — l'importance de ce que nous appellerions aujourd'hui la mise en scène, sans quoi la pièce ne trouve pas son achèvement sur les planches. Il s'est, l'un des premiers, soucié des conditions matérielles de la représentation, de l'art du comédien, de l'appareil technique du décor : quoi d'étonnant qu'il n'ait pas tout à fait réussi son œuvre dramatique proprement dite (à l'exception de Est-il bon ? Est-il méchant ? que les Comédiens-Français ont mis plus de deux siècles à reconnaître pour un chef-d'œuvre), alors qu'il explo-

rait en l'écrivant tant de chemins nouveaux à la fois ?
Le Fils naturel *et* Le Père de famille *valent mieux, en
un sens, que de bonnes pièces : si l'on veut bien ne pas
s'en tenir à leur texte, mais, selon le vœu même de
Diderot, considérer l'ensemble des propositions scéniques qui s'y trouvent avancées, on conviendra qu'elles
ont fourni au théâtre européen un apport considérable. Beaumarchais, en France, Lessing et Schiller, en
Allemagne, pour ne citer que ces trois exemples, en
ont fait largement leur profit, avant que les idées de
Diderot ne se vulgarisent au point de se confondre
avec l'air du temps.*

*Au nouveau théâtre, selon Diderot, il faut une
dramaturgie et une scénographie nouvelles : Dorval
n'hésite pas à prédire l'échec du* Fils naturel, *faute
d'une réforme radicale des conditions scéniques de
l'époque. Non content de réclamer, comme Voltaire et
d'autres, l'expulsion des spectateurs du plateau, il rêve
d'une scène vaste où l'écrivain pourrait déployer ses
tableaux et en travailler le détail, installer des décors
qui offrent une image stylisée de la vie et qui excitent
l'imagination des comédiens. « Faute de scène, on
n'imaginera rien… Avez-vous vu la salle de Lyon ? Je
ne demanderais qu'un pareil monument dans la
capitale pour faire éclore une multitude de poèmes et
produire peut-être quelques genres nouveaux » : on ne
saurait souligner plus nettement l'influence du lieu
scénique sur les formes mêmes du théâtre, ni mieux
suggérer le rapport de l'architecture aux œuvres qu'elle
est appelée à mettre en valeur. C'est en fonction de ces
données matérielles que les acteurs ont à régler leur
interprétation : dans les théâtres antiques, par exemple, ils avaient besoin de se hausser sur des cothurnes,*

d'adopter une déclamation soutenue, voire de recourir à des amplificateurs de son, pour toucher des dizaines de milliers de spectateurs; pourquoi, note Diderot, conserverait-on aujourd'hui « l'emphase de la versification », alors que les conditions du jeu dramatique se sont tellement transformées ?

À l'intrigue simple et naturelle du nouveau théâtre, doit répondre une décoration qui s'inspire elle-même de la vérité : à aucun prix, l'écrivain ne pourra négliger de s'intéresser à ce problème. Mieux : « Qu'il envoie chercher son décorateur. Qu'il lui lise son drame. Que le lieu de la scène, bien connu de celui-ci, il le rende tel qu'il est... » C'est le poète qui est le seul maître de la scène : à lui d'imposer ses idées sur tous les éléments visuels du spectacle et de contenir dans des bornes étroites le talent du peintre appelé à le servir. Il ne cherchera pas à flatter l'œil du spectateur par le faste du décor et la richesse des vêtements, mais à subordonner ces éléments à ce qu'il veut exprimer dans son ouvrage. Ainsi Diderot règle-t-il avec la plus grande minutie le décor du Fils naturel *: « La scène est dans un salon. On y voit un clavecin, des chaises, des tables de jeu; sur une de ces tables, un trictrac; sur une autre quelques brochures; d'un côté, un métier à tapisserie, etc. ; dans le fond, un canapé, etc. »*

Peut-être ces idées nous semblent-elles banales aujourd'hui : elles étaient révolutionnaires en 1758, au moment où le théâtre moderne commençait à chercher son style en tâtonnant. Mais Diderot va pousser son raisonnement jusqu'au bout : pas plus que le dramaturge ne se désintéressera de l'aspect scénographique du théâtre, il n'abandonnera entièrement aux comédiens le soin de régler eux-mêmes le déroulement de

*leur jeu. L'auteur, en écrivant sa pièce, n'a pu se
contenter d'élaborer les caractères de ses personnages : il s'en est formé des images, qui ont com-
mandé son inspiration et influé sur « les discours et le
mouvement de la scène » ; contrairement aux idées
reçues, rien n'est plus concret, déjà, que son travail
d'écriture et que cette fiction où il s'est engagé. Aussi
lui revient-il d'indiquer la « pantomime » à ses
acteurs, voire, s'il en a le loisir, d'écrire complètement
cette pantomime (nous parlerions aujourd'hui d'indi-
cations scéniques). La pantomime est une « portion
du drame », au cours duquel le geste doit souvent
prendre le relais de la parole, ou l'accompagner pour
la préciser. Ce que Molière avait esquissé en cette
matière, Diderot veut le développer et en tirer toutes
les conséquences : il décrira dans le détail le comporte-
ment de ses personnages, le ton qu'ils ont à prendre, le
rythme de leur débit (« cette scène marche vite ») ; il
ne réglera pas seulement leurs entrées et leurs sorties,
mais il leur suggérera des gestes et une mimique
précise ; il veillera surtout à établir dans un juste
rapport leur importance respective, pour que les petits
rôles n'aient pas à pâtir des protagonistes ; il empê-
chera enfin les comédiens de se laisser aller à leur
tempérament et de chercher un succès personnel aux
dépens de l'équilibre de la représentation.*

*Diderot, cependant, met lui-même des limites à cette
omnipotence de l'auteur (ou du metteur en scène), qui
pourrait brimer l'invention des comédiens pour peu
qu'elle s'exerce avec raideur : « Il y a des endroits
qu'il faudrait presque abandonner à l'acteur. C'est à
lui à disposer de la scène écrite, à répéter certains
mots, à revenir sur certaines idées, à en retrancher*

quelques-unes et à en rajouter d'autres. Dans les cantabile, *le musicien laisse à un grand chanteur un libre exercice de son goût et de son talent... Le poète devrait en faire autant, quand il connaît bien son acteur.* » Une fois bien déterminée la mesure dans laquelle le comédien est maître de son rôle, il faut donc se souvenir de sa prérogative essentielle : c'est sur lui que repose l'acte même du théâtre.

Un lieu de métamorphose

D'où l'admiration que Diderot a toujours portée aux comédiens virtuoses dans leur art : « *Je ne peux pas vous dire quel cas je fais d'un grand acteur, d'une grande actrice* », écrit-il en 1757 dans le Second entretien. *Et, bien plus tard, alors que sa pensée a tant évolué, il redit son estime dans le* Paradoxe *pour ces* « hommes d'un talent rare et d'une utilité réelle », qui sont les « prédicateurs les plus éloquents de l'honnê- teté et des vertus ». *C'est que l'acteur est investi d'une haute responsabilité morale et sociale, dans la mesure précise où son jeu consiste à transmuer le faux en vrai, en construisant sur scène des images persuasives, et à remettre en harmonie le monde par la vertu de la fiction qu'il incarne.*

Mais comment nier que, dans la société comme elle va, cette fonction éminente est assumée par une corporation légère, inconséquente et corrompue, vouée à la misère et au libertinage, communément méprisée ? Et quelle sorte de grâce faut-il donc pour que des histrions s'affranchissent, en montant sur la scène, de l'état d'humiliation où ils sont tenus et

puissent se transfigurer au contact des fantômes qu'ils
incarnent ? Il y a là une contradiction dont Diderot ne
s'offusque explicitement ni dans les Entretiens ni dans
le Discours sur la poésie dramatique, *pour la raison,
peut-être, que la théorie de la sensibilité qu'il défendait
alors pouvait rendre compte de l'étrangeté de ce
dédoublement.*

    *Cette métamorphose de l'acteur sur la scène peut en
effet être comprise, si l'on n'y regarde pas de trop près,
comme l'effet d'une sorte d'ivresse spécifique à son
art, qui serait elle-même un cas particulier de l'état
d'enthousiasme décrit par Diderot comme constitutif
du processus de la création :* c'est « une chaleur forte
et permanente qui embrase [le poète], qui le fait
haleter, qui le consume, qui le tue ; mais qui donne
l'âme, la vie à tout ce qu'il touche ». *Et de préciser,
dans le* Second entretien : « *Les poètes, les acteurs,
les musiciens, les peintres, les chanteurs de premier
ordre, les grands danseurs, les amants tendres, les
vrais dévots, toute cette troupe enthousiaste et passion-
née sent vivement, et réfléchit peu.* »

    *Une dizaine d'années plus tard, revenant sur ce
thème, Diderot fait une volte-face totale : non seulement il se défie désormais de ces grandes houles qui
submergent l'être sensible et dont il connaît bien pour
sa propre part les manifestations excessives, mais il
pense que ce tumulte purement physiologique est
propre à paralyser l'exercice de l'intelligence et à
entraver le jugement ; loin de favoriser la création
artistique, il l'embrouille, y sème le désordre et en
altère les images. Que la sensibilité fasse le bon
lecteur, le bon spectateur, l'amant fidèle, peut-être ;
qu'elle conduise à l'amour de la vertu, sans doute,*

mais elle ne prend de part à la création artistique que dans la mesure même où elle est gouvernée : « Le grand homme, dit le médecin Bordeu dans Le Rêve de d'Alembert, *s'il a malheureusement reçu cette disposition naturelle, s'occupera sans relâche à l'affaiblir, à la dominer, à se rendre maître de ses mouvements [...]. Il régnera sur lui-même et sur tout ce qui l'environne. » Et ceci encore, qui prend terme à terme le contre-pied du texte des* Entretiens : « *Les grands poètes, les grands acteurs et peut-être en général tous les grands imitateurs de la nature, quels qu'ils soient, doués d'une belle imagination, d'un grand jugement, d'un tact fin, d'un goût très sûr, sont les moins sensibles. »*

Voilà qui renverse bien des idées établies et qui met en cause, en particulier, l'un des éléments essentiels du prestige traditionnellement reconnu à l'acteur, hier et aujourd'hui : en dépossédant la scène de son aura *mystérieuse et en contestant tout caractère irrationnel à la démarche du bon comédien, Diderot s'est d'autant plus attiré la mauvaise humeur de la gent théâtrale, au siècle dernier et de nos jours, qu'il a choisi pour argumenter le mode du paradoxe : c'est, selon la définition de l'*Encyclopédie, « *une proposition absurde en apparence, en ce qu'elle est contraire aux opinions reçues et qui néanmoins est vraie au fond, ou du moins peut recevoir un air de vérité ». L'écrivain, en procédant ainsi, cherche à préciser les contours d'une intuition qu'il a eue en s'autorisant excès, provocations, pirouettes, fantaisies, formulations piquantes : ce n'est pas une mauvaise méthode lorsqu'il s'agit d'exprimer des vérités aussi difficiles à formuler qu'à faire entendre, mais encore faut-il que le* *lecteur ou l'interlocuteur de l'écrivain paradoxal soit rompu, lui aussi, aux ambiguïtés et aux hardiesses que comporte cette façon de faire.*

Dans le Paradoxe *sur le* comédien, *il s'agit très précisément de ne pas se laisser désarçonner par l'affirmation brutale du premier interlocuteur qui interdit, d'entrée de jeu, tout usage de la sensibilité au grand comédien (car c'est toujours du* grand *comédien qu'il s'agit ici, il importe de le noter une fois pour toutes) : « Il me faut dans cet homme un spectateur froid et tranquille ; j'en exige, par conséquent, de la pénétration et nulle sensibilité. » Cette provocation fait sursauter à juste titre le destinataire de ces propos, mais, une fois qu'on a compris qu'elle fait partie d'une pratique systématique de l'outrance, on peut avancer sur le terrain de Diderot avec la méfiance et l'esprit d'aventure qui sont l'un et l'autre requis par sa méthode.*

Ce qu'il veut dire (et qu'il dit autrement et ailleurs avec la plus grande clarté), c'est que la sensibilité n'a pas sa place au moment de l'exécution de son rôle par le comédien : essentielle sans aucun doute dans la phase de l'élaboration du jeu, parce qu'elle appartient à la démarche même de l'imaginaire, elle doit être contrôlée avec soin sur la scène pour peu qu'on veuille atteindre au plus profond le spectateur auquel on s'adresse. Pour éveiller l'émotion de la salle pour qui il joue, le comédien doit user d'une véritable stratégie du pathétique et des larmes : c'est assez dire que, visant la sensibilité du spectateur, il est appelé à calculer et à maîtriser les effets de la sienne propre.

À tout prendre, une telle assertion n'a rien de contradictoire avec les préceptes que donne Diderot dans les Entretiens *et dans le* Discours sur la poésie dramatique : *l'importance accordée au tableau et à la mise en place préméditée qu'il implique ; l'insistance sur la pantomime, avec ce qu'elle suppose chez l'exécutant de maîtrise de sa voix, de son geste et de son mouvement ; l'obligation faite aux acteurs de jouer ensemble, en s'appuyant les uns sur les autres, et de faire comme si les spectateurs n'étaient pas là, tout cela impose déjà, de toute évidence, un ordre rigoureux au déploiement du langage scénique (dont l'expression de l'acteur ne constitue ni plus ni moins que l'élément principal). Un contrôle attentif de toutes les phases du jeu et, plus généralement, le respect d'un processus concerté dans la conduite du spectacle sont par définition incompatibles avec les excès de l'inspiration et les foucades de la sensibilité.*

En d'autres mots, Diderot, après avoir perçu d'emblée que l'exercice du théâtre ne pouvait échapper à l'empire de contraintes précises, y voit désormais la trace d'une certaine distance intérieure, qui serait constitutive du jeu. Le premier spectateur du comédien n'est autre que lui-même : il regarde agir un être d'imagination qui fait partie de lui, mais qu'il éprouve comme étranger ; dès qu'il agit sur la scène, il se sépare de lui-même et il se dédouble, n'entrant dans son personnage que dans la mesure où il le domine pour ainsi dire de l'extérieur. Ainsi Garrick n'est admirable que parce qu'il peut jouer d'affilée, et sans presque reprendre haleine, la scène du petit pâtissier et le monologue de Hamlet *: son génie, c'est la « grimace » du rire et des larmes, parce qu'il n'y a que cette grimace pour fabriquer un peu de vérité à partir de la fiction.*

En revanche, le comédien adhère-t-il sans mesure à son personnage qu'il ne contrôle plus sa traduction psychologique et corporelle ; a-t-il acquis « une sensibilité d'entrailles » à force de métier qu'il devient le prisonnier d'une rhétorique gestuelle et déclamatoire. Pour qu'il puisse assumer la diversité des fonctions que son art exige, il devra plutôt s'assouplir par les « leçons de la gymnastique » : à cette condition, il saura être tout à la scène alors qu'il pourra n'être rien à la ville. S'il a du génie, il ne se cantonnera pas dans un emploi (comme il fut de mise presque jusqu'au milieu de notre siècle), mais il sera capable de les jouer tous : car il n'est « ni un pianoforte, ni une harpe, ni un clavecin, ni un violon, ni un violoncelle ; il n'a point d'accord qui lui soit propre ; mais il prend l'accord et le ton qui conviennent à sa partie, et il sait se prêter à toutes ». Et c'est en quoi, exactement, il est un artiste.

À la base de l'esthétique de Diderot, il y a en effet cette idée que, si l'art produit une « image » de la réalité, il ne parvient à mettre au jour cette image que par des moyens radicalement différents de ceux dont use la nature. Il n'y a point de création qui vaille si elle n'invente, pour parvenir à ses fins, un système et un appareil technique qui lui appartiennent en propre : le comédien qui ne sait ni respirer, ni se mouvoir, ni prononcer s'exclut lui-même du théâtre, car comment jouerait-il (le mot est explicite) s'il n'était capable de contrôler à tout moment les ressources dont il dispose ? Il faut en conclure qu'il y a un savoir propre à l'exercice de chaque art et que, par conséquent, la création artistique use de moyens qui sont susceptibles d'apprentissage : ce n'est pas le moindre mérite de

Diderot que de donner une justification théorique à cette idée, appuyée par les comédiens les plus remarquables de son temps et qui aboutira en 1786 à la création de l'École royale de musique et de déclamation.

Ajoutons que, de la notion d'apprentissage et d'éducation, on passe naturellement à une conception nouvelle de l'état de comédien, dont Diderot a toujours rêvé : si, par défaut d'éducation, le métier théâtral apparaît à ceux qui l'embrassent comme une ressource et jamais comme un choix, il n'est pas interdit d'imaginer qu'il puisse être adopté par vocation et intégré dans la communauté comme une activité hautement honorable et utile à la vie des hommes. On en finirait alors avec l'image de l'acteur-histrion, et le théâtre, démythifié mais exalté en raison, pourrait être servi par une corporation « formée, comme toutes les autres communautés, de sujets tirés de toutes les familles de la société et conduits sur la scène comme au service, au palais, à l'église, par choix ou par goût et du consentement de leurs tuteurs naturels ».

Sur ce dernier point comme sur les autres, est-il besoin de souligner la nouveauté et l'audace des propositions et des analyses de Diderot ? Il lui aura suffi d'un petit nombre de pages, librement écrites, pour ouvrir le débat qui allait occuper tout le théâtre moderne, de Stanislavski à Brecht et d'Antoine à Copeau : sur le rôle de la mise en scène dans la représentation, sur l'importance du corps de l'acteur et de son mouvement dans l'espace, sur l'exploration des écarts et des distances à l'intérieur de la fiction théâtrale et dans le processus du jeu, sur la nécessaire formation du comédien, et ainsi de suite, Diderot aura

posé toutes les questions nécessaires et fourni pour
chacune des éléments contradictoires d'examen ou de
réponse.

Le théâtre a toujours été pour lui le lieu et l'instrument d'une complexe métamorphose qui, pour
être concertée, n'en est pas moins énigmatique : c'est
par le personnage qu'on rejoint la personne et par le
masque qu'on découvre l'inaccessible nudité du
visage, tandis que le mensonge fabrique de la vérité et
que la convention fait œuvre analogue à celle de la
nature. L'acteur monte sur la scène, comme un
« pantin merveilleux », et c'est comme s'il s'enfermait
devant nous « dans un grand mannequin d'osier dont
il est l'âme ». Il prend soudain la consistance impé-
rieuse des fantômes, et une autre vie affleure, l'autre
face de la nôtre indiscutablement, tout au long de cette
difficile et ambiguë transformation. Et Diderot de
noter que ce mannequin se meut parfois « d'une
manière effrayante, même pour le poète qui ne se
reconnaît plus » : il ne faut voir là ni magie ni
imposture, mais l'effet de la théâtralité, qui procède
par agrandissements et par transformations, dans la
lumière qui est propre, pour toucher au plus vif les
spectateurs et pour les aider à se retrouver eux-mêmes,
en harmonie avec le monde.

Le théâtre du XIXe siècle a certes privilégié, dans la
théorie énoncée par Diderot, les articles qui pouvaient
servir à constituer une dramaturgie du reflet, sous
couleur d'ouvrir le théâtre au monde contemporain, et
ceux qui laissaient entendre que la frontière entre le
théâtral et le réel pouvait être franchie dans les deux
sens à tout moment, l'un servant de caution à l'autre.
Le mélodrame, d'autre part, sous toutes ses formes, a

fait ses délices du pathétique, de l'hypertrophie du langage, du recours au hasard et à l'irrationnel, de l'escamotage des contradictions, qu'on peut trouver dans l'œuvre dramatique de Diderot et que Diderot théoricien n'a jamais manqué de réprouver. C'est que son ambition n'a cessé de viser, en matière de théâtre, infiniment plus haut : il s'est constamment agi pour lui, en abordant l'univers du jeu, de réactiver la force perdue de la mimésis pour réintroduire la fiction au cœur de la réalité et pour faire servir le simulacre scénique à la connaissance d'un monde en continuelle transformation.

ROBERT ABIRACHED

*Paradoxe sur
le comédien*

PREMIER INTERLOCUTEUR

N'en parlons plus.

SECOND INTERLOCUTEUR

Pourquoi ?

LE PREMIER

C'est l'ouvrage de votre ami[1].

LE SECOND

Qu'importe ?

LE PREMIER

Beaucoup. A quoi bon vous mettre dans l'alternative de mépriser ou son talent, ou mon jugement, et de rabattre de la bonne opinion que vous avez de lui ou de celle que vous avez de moi ?

LE SECOND

Cela n'arrivera pas ; et quand cela arriverait, mon amitié pour tous les deux, fondée sur des qualités plus essentielles, n'en souffrirait pas.

LE PREMIER

Peut-être.

LE SECOND

J'en suis sûr. Savez-vous à qui vous ressemblez dans ce moment ? A un auteur de ma connaissance qui suppliait à genoux une femme à laquelle il était attaché, de ne pas assister à la première représentation d'une de ses pièces.

LE PREMIER

Votre auteur était modeste et prudent.

LE SECOND

Il craignait que le sentiment tendre qu'on avait pour lui ne tînt au cas que l'on faisait de son mérite littéraire.

LE PREMIER

Cela se pourrait.

LE SECOND

Qu'une chute publique ne le dégradât un peu aux yeux de sa maîtresse.

LE PREMIER

Que moins estimé, il ne fût moins aimé. Et cela vous paraît ridicule ?

LE SECOND

C'est ainsi qu'on en jugea. La loge fut louée, et il eut le plus grand succès : et Dieu sait comme il fut embrassé, fêté, caressé.

LE PREMIER

Il l'eût été bien davantage après la pièce sifflée.

LE SECOND

Je n'en doute pas.

LE PREMIER

Et je persiste dans mon avis.

LE SECOND

Persistez, j'y consens ; mais songez que je ne suis pas une femme, et qu'il faut, s'il vous plaît, que vous vous expliquiez.

LE PREMIER

Absolument ?

LE SECOND

Absolument.

LE PREMIER

Il me serait plus aisé de me taire que de déguiser ma pensée.

LE SECOND

Je le crois.

LE PREMIER

Je serai sévère.

LE SECOND

C'est ce que mon ami exigerait de vous.

LE PREMIER

Eh bien, puisqu'il faut vous le dire, son ouvrage, écrit d'un style tourmenté, obscur, entortillé, boursouflé, est plein d'idées communes. Au sortir de cette lecture, un grand comédien n'en sera pas meilleur, et un pauvre acteur n'en sera pas moins mauvais. C'est à la nature à donner les qualités de la personne, la figure, la voix, le jugement, la finesse. C'est à l'étude des grands modèles, à la connaissance du cœur humain, à l'usage du monde, au travail assidu, à l'expérience, et à l'habitude du théâtre, à perfectionner le don de nature. Le comédien imitateur peut arriver au point de rendre tout passablement ; il n'y a rien ni à louer, ni à reprendre dans son jeu.

LE SECOND

Ou tout est à reprendre.

LE PREMIER

Comme vous voudrez. Le comédien de nature est souvent détestable, quelquefois excellent. En quelque genre que ce soit, méfiez-vous d'une médiocrité soutenue. Avec quelque rigueur qu'un débutant soit traité, il est facile de pressentir ses succès à venir. Les huées n'étouffent que les ineptes. Et comment la nature sans l'art formerait-elle un grand comédien, puisque rien ne se passe exactement sur la scène comme en nature, et que les poèmes dramatiques sont tous composés d'après un certain système de principes ? Et comment un rôle serait-il joué de la même manière par deux acteurs différents, puisque dans l'écrivain le plus clair, le plus précis, le plus

énergique, les mots ne sont et ne peuvent être que
des signes approchés d'une pensée, d'un sentiment,
d'une idée ; signes dont le mouvement, le geste, le
ton, le visage, les yeux, la circonstance donnée,
complètent la valeur ? Lorsque vous avez entendu ces
mots :

> ... Que fait là votre main ?
> — Je tâte votre habit, l'étoffe en est moelleuse[1].

Que savez-vous ? Rien. Pesez bien ce qui suit, et
concevez combien il est fréquent et facile à deux
interlocuteurs, en employant les mêmes expressions,
d'avoir pensé et de dire des choses tout à fait
différentes. L'exemple que je vous en vais donner est
une espèce de prodige ; c'est l'ouvrage même de
votre ami. Demandez à un comédien français ce qu'il
en pense, et il conviendra que tout en est vrai. Faites
la même question à un comédien anglais, et il vous
jurera *by God* qu'il n'y a pas une phrase à changer,
et que c'est le pur évangile de la scène. Cependant
comme il n'y a presque rien de commun entre la
manière d'écrire la comédie et la tragédie en Angleterre et la manière dont on écrit ces poèmes en
France ; puisque, au sentiment même de Garrick[2],
celui qui sait rendre parfaitement une scène de
Shakespeare ne connaît pas le premier accent de la
déclamation d'une scène de Racine ; puisque enlacé
par les vers harmonieux de ce dernier, comme par
autant de serpents dont les replis lui étreignent la
tête, les pieds, les mains, les jambes et les bras, son
action en perdrait toute sa liberté : il s'ensuit évidemment que l'acteur français et l'acteur anglais qui
conviennent unanimement de la vérité des principes

de votre auteur ne s'entendent pas et qu'il y a dans la langue technique du théâtre une latitude, un vague assez considérable pour que des hommes sensés, d'opinions diamétralement opposées, croient y reconnaître la lumière de l'évidence. Et demeurez plus que jamais attaché à votre maxime : *Ne vous expliquez point si vous voulez vous entendre.*

LE SECOND

Vous pensez qu'en tout ouvrage, et surtout dans celui-ci, il y a deux sens distingués, tous les deux renfermés sous les mêmes signes, l'un à Londres, l'autre à Paris ?

LE PREMIER

Et que ces signes présentent si nettement ces deux sens que votre ami même s'y est trompé, puisqu'en associant des noms de comédiens anglais à des noms de comédiens français, leur appliquant les mêmes préceptes, et leur accordant le même blâme et les mêmes éloges, il a sans doute imaginé que ce qu'il prononçait des uns était également juste des autres.

LE SECOND

Mais, à ce compte, aucun autre auteur n'aurait fait autant de vrais contresens.

LE PREMIER

Les mêmes mots dont il se sert énonçant une chose au carrefour de Bussy[1], et une chose différente à Drury-Lane, il faut que je l'avoue à regret ; au reste, je puis avoir tort. Mais le point important, sur lequel nous avons des opinions tout à fait opposées, votre auteur et moi, ce sont les qualités premières d'un grand comédien. Moi, je lui veux beaucoup de jugement ; il me faut dans cet homme un spectateur froid et tranquille ; j'en exige, par conséquent, de la pénétration et nulle sensibilité, l'art de tout imiter, ou, ce qui revient au même, une égale aptitude à toutes sortes de caractères et de rôles.

LE SECOND

Nulle sensibilité !

LE PREMIER

Nulle. Je n'ai pas encore bien enchaîné mes raisons, et vous me permettrez de vous les exposer comme elles me viendront, dans le désordre de l'ouvrage même de votre ami.

Si le comédien était sensible, de bonne foi lui serait-il permis de jouer deux fois de suite un même rôle avec la même chaleur et le même succès ? Très chaud à la première représentation, il serait épuisé et froid comme un marbre à la troisième. Au lieu qu'imitateur attentif et disciple réfléchi de la nature, la première fois qu'il se présentera sur la scène sous le nom d'Auguste, de Cinna, d'Orosmane, d'Agamemnon, de Mahomet [1], copiste rigoureux de lui-même ou de ses études, et observateur continu de nos sensations, son jeu, loin de s'affaiblir, se fortifiera des réflexions nouvelles qu'il aura recueillies ; il s'exaltera ou se tempérera, et vous en serez de plus en plus satisfait. S'il est lui quand il joue, comment cessera-t-il d'être lui ? S'il veut cesser d'être lui, comment saisira-t-il le point juste auquel il faut qu'il se place et s'arrête ?

Ce qui me confirme dans mon opinion, c'est l'inégalité des acteurs qui jouent d'âme. Ne vous attendez de leur part à aucune unité ; leur jeu est alternativement fort et faible, chaud et froid, plat et sublime. Ils manqueront demain l'endroit où ils auront excellé aujourd'hui ; en revanche, ils excelleront dans celui qu'ils auront manqué la veille. Au lieu que le comédien qui jouera de réflexion, d'étude de la nature humaine, d'imitation constante d'après quelque modèle idéal, d'imagination, de mémoire, sera un, le même à toutes les représentations, toujours également parfait : tout a été mesuré, combiné, appris, ordonné dans sa tête ; il n'y a dans sa déclamation ni monotonie, ni dissonance. La chaleur a son progrès, ses élans, ses rémissions, son commencement, son milieu, son extrême. Ce sont les mêmes accents, les mêmes positions, les mêmes mouvements ; s'il y a quelque différence d'une représentation à l'autre, c'est ordinairement à l'avantage de la dernière. Il ne sera pas journalier[1] ; c'est une glace toujours disposée à montrer les objets et à les montrer avec la même précision, la même force et la même vérité. Ainsi que le poète, il va sans cesse puiser dans le fonds inépuisable de la nature, au lieu qu'il aurait bientôt vu le terme de sa propre richesse.

Quel jeu plus parfait que celui de la Clairon[2] ? cependant suivez-la, étudiez-la, et vous serez convaincu qu'à la sixième représentation elle sait par cœur tous les détails de son jeu comme tous les mots de son rôle. Sans doute elle s'est fait un modèle auquel elle a d'abord cherché à se conformer ; sans doute elle a conçu ce modèle le plus haut, le plus grand, le plus parfait qu'il lui a été possible ; mais ce modèle qu'elle a emprunté de l'histoire, ou que son imagination a créé comme un grand fantôme, ce n'est pas elle ; si ce modèle n'était que de sa hauteur, que son action serait faible et petite ! Quand, à force de travail, elle a approché de cette idée le plus près qu'elle a pu, tout est fini ; se tenir ferme là, c'est une pure affaire d'exercice et de mémoire. Si vous assistiez à ses études, combien de fois vous lui diriez : *Vous y êtes !...* combien de fois elle vous répondrait : *Vous vous trompez !...* C'est comme Le Quesnoy [1], à qui son ami saisissait le bras, et criait : *Arrêtez ! le mieux est l'ennemi du bien : vous allez tout gâter...* Vous voyez ce que j'ai fait, répliquait l'artiste haletant au connaisseur émerveillé ; mais vous ne voyez pas ce que j'ai là, et ce que je poursuis.

Je ne doute point que la Clairon n'éprouve le tourment du Quesnoy dans ses premières tentatives ; mais la lutte passée, lorsqu'elle s'est une fois élevée à la hauteur de son fantôme, elle se possède, elle se répète sans émotion. Comme il nous arrive quelquefois dans le rêve, sa tête touche aux nues, ses mains vont chercher les deux confins de l'horizon ; elle est l'âme d'un grand mannequin qui l'enveloppe ; ses essais l'ont fixé sur elle. Nonchalamment étendue sur une chaise longue, les bras croisés, les yeux fermés, immobile, elle peut, en suivant son rêve de mémoire, s'entendre, se voir, se juger et juger les impressions qu'elle excitera. Dans ce moment elle est double : la petite Clairon et la grande Agrippine.

LE SECOND

Rien, à vous entendre, ne ressemblerait tant à un comédien sur la scène ou dans ses études, que les

enfants qui, la nuit, contrefont les revenants sur les
cimetières, en élevant au-dessus de leurs têtes un
grand drap blanc au bout d'une perche, et faisant
sortir de dessous ce catafalque une voix lugubre qui
effraie les passants.

LE PREMIER

Vous avez raison. Il n'en est pas de la Dumesnil[1]
ainsi que de la Clairon. Elle monte sur les planches
sans savoir ce qu'elle dira ; la moitié du temps elle ne
sait ce qu'elle dit, mais il vient un moment sublime.
Et pourquoi l'acteur différerait-il du poète, du peintre, de l'orateur, du musicien ? Ce n'est pas dans la
fureur du premier jet que les traits caractéristiques se
présentent, c'est dans des moments tranquilles et
froids, dans des moments tout à fait inattendus. On
ne sait d'où ces traits viennent ; ils tiennent de
l'inspiration. C'est lorsque, suspendus entre la nature
et leur ébauche, ces génies portent alternativement
un œil attentif sur l'une et l'autre ; les beautés
d'inspiration, les traits fortuits qu'ils répandent dans
leurs ouvrages, et dont l'apparition subite les étonne
eux-mêmes, sont d'un effet et d'un succès bien
autrement assurés que ce qu'ils ont jeté de boutade.
C'est au sang-froid à tempérer le délire de l'enthousiasme.

Ce n'est pas l'homme violent qui est hors de lui-
même qui dispose de nous ; c'est un avantage réservé
à l'homme qui se possède. Les grands poètes dramatiques surtout sont spectateurs assidus de ce qui se
passe autour d'eux dans le monde physique et dans le
monde moral.

LE SECOND

Qui n'est qu'un.

LE PREMIER

Ils saisissent tout ce qui les frappe ; ils en font des recueils. C'est de ces recueils formés en eux, à leur insu, que tant de phénomènes rares passent dans leurs ouvrages. Les hommes chauds, violents, sensibles, sont en scène ; ils donnent le spectacle, mais ils n'en jouissent pas. C'est d'après eux que l'homme de génie fait sa copie. Les grands poètes, les grands acteurs, et peut-être en général tous les grands imitateurs de la nature, quels qu'ils soient, doués d'une belle imagination, d'un grand jugement, d'un tact fin, d'un goût très sûr, sont les êtres les moins sensibles. Ils sont également propres à trop de choses ; ils sont trop occupés à regarder, à reconnaî-tre et à imiter, pour être vivement affectés au-dedans d'eux-mêmes. Je les vois sans cesse le portefeuille sur les genoux et le crayon à la main.

Nous sentons, nous ; eux, ils observent, étudient et peignent. Le dirai-je ? Pourquoi non ? La sensibilité n'est guère la qualité d'un grand génie. Il aimera la justice ; mais il exercera cette vertu sans en recueillir la douceur. Ce n'est pas son cœur, c'est sa tête qui fait tout. A la moindre circonstance inopinée, l'homme sensible la perd ; il ne sera ni un grand roi, ni un grand ministre, ni un grand capitaine, ni un grand avocat, ni un grand médecin. Remplissez la salle de spectacle de ces pleureurs-là, mais ne m'en placez aucun sur la scène [1]. Voyez les femmes ; elles nous surpassent certainement, et de fort loin, en sensibilité : quelle comparaison d'elles à nous dans les instants de la passion ! Mais autant nous le leur cédons quand elles agissent, autant elles restent au-dessous de nous quand elles imitent. La sensibilité n'est jamais sans faiblesse d'organisation. La larme qui s'échappe de l'homme vraiment homme nous touche plus que tous les pleurs d'une femme. Dans la grande comédie, la comédie du monde, celle à laquelle j'en reviens toujours, toutes les âmes chaudes occupent le théâtre ; tous les hommes de génie sont au parterre. Les premiers s'appellent des fous ; les seconds, qui s'occupent à copier leurs folies, s'appellent des sages. C'est l'œil du sage qui saisit le ridicule de tant de personnages divers, qui le peint, et qui vous fait rire et de ces fâcheux originaux dont vous avez été la victime, et de vous-même. C'est lui qui vous observait, et qui traçait la copie comique et du fâcheux et de votre supplice.

Ces vérités seraient démontrées que les grands comédiens n'en conviendraient pas ; c'est leur secret. Les acteurs médiocres ou novices sont faits pour les rejeter, et l'on pourrait dire de quelques autres qu'ils croient sentir, comme on a dit du superstitieux, qu'il croit croire ; et que sans la foi pour celui-ci, et sans la sensibilité pour celui-là, il n'y a point de salut.

Mais quoi ? dira-t-on, ces accents si plaintifs, si douloureux, que cette mère arrache du fond de ses entrailles, et dont les miennes sont si violemment secouées, ce n'est pas le sentiment actuel qui les produit, ce n'est pas le désespoir qui les inspire ? Nullement ; et la preuve, c'est qu'ils sont mesurés ; qu'ils font partie d'un système de déclamation ; que plus bas ou plus aigus de la vingtième partie d'un quart de ton, ils sont faux ; qu'ils sont soumis à une loi d'unité ; qu'ils sont, comme dans l'harmonie, préparés et sauvés ; qu'ils ne satisfont à toutes les conditions requises que par une longue étude ; qu'ils concourent à la solution d'un problème proposé ; que pour être poussés juste, ils ont été répétés cent fois, et que malgré ces fréquentes répétitions, on les manque encore ; c'est qu'avant de dire :

> Zaïre, vous pleurez !

ou,

> Vous y serez, ma fille [1],

l'acteur s'est longtemps écouté lui-même ; c'est qu'il s'écoute au moment où il vous trouble, et que tout son talent consiste non pas à sentir, comme vous le supposez, mais à rendre si scrupuleusement les signes extérieurs du sentiment, que vous vous y trompiez. Les cris de sa douleur sont notés dans son oreille. Les gestes de son désespoir sont de mémoire, et ont été préparés devant une glace. Il sait le moment précis où il tirera son mouchoir et où les larmes couleront ; attendez-les à ce mot, à cette syllabe, ni plus tôt ni plus tard. Ce tremblement de la voix, ces mots suspendus, ces sons étouffés ou traînés, ce frémissement des membres, ce vacillement des genoux, ces évanouissements, ces fureurs, pure imitation, leçon recordée [2] d'avance, grimace pathétique, singerie sublime dont l'acteur garde le souvenir longtemps après l'avoir étudiée, dont il avait la conscience présente au moment où il l'exécutait, qui lui laisse, heureusement pour le poète, pour le spectateur et pour lui, toute la liberté de son esprit, et qui ne lui ôte, ainsi que les autres exercices, que la force du corps. Le socque ou le cothurne déposé[1], sa voix est éteinte, il éprouve une extrême fatigue, il va changer de linge ou se coucher ; mais il ne lui reste ni trouble, ni douleur, ni mélancolie, ni affaissement d'âme. C'est vous qui remportez toutes ces impressions. L'acteur est las, et vous triste ; c'est qu'il s'est démené sans rien sentir, et que vous avez senti sans vous démener. S'il en était autrement, la condition du comédien serait la plus malheureuse des conditions ; mais il n'est pas le personnage, il le joue et le joue si bien que vous le prenez pour tel : l'illusion n'est que pour vous ; il sait bien, lui, qu'il ne l'est pas.

Des sensibilités diverses, qui se concertent entre elles pour obtenir le plus grand effet possible, qui se diapasonnent, qui s'affaiblissent, qui se fortifient, qui se nuancent pour former un tout qui soit un, cela me fait rire. J'insiste donc, et je dis : « C'est l'extrême sensibilité qui fait les acteurs médiocres ; c'est la sensibilité médiocre qui fait la multitude des mauvais acteurs ; et c'est le manque absolu de sensibilité qui prépare les acteurs sublimes. » Les larmes du comédien descendent de son cerveau ; celles de l'homme sensible montent de son cœur : ce sont les entrailles qui troublent sans mesure la tête de l'homme sensible ; c'est la tête du comédien qui porte quelquefois un trouble passager dans ses entrailles ; il pleure comme un prêtre incrédule qui prêche la Passion ; comme un séducteur aux genoux d'une femme qu'il n'aime pas, mais qu'il veut tromper ; comme un gueux dans la rue ou à la porte d'une église, qui vous injurie lorsqu'il désespère de vous toucher ; ou comme une courtisane qui ne sent rien, mais qui se pâme entre vos bras[2].

Avez-vous jamais réfléchi à la différence des larmes excitées par un événement tragique et des larmes excitées par un récit pathétique ? On entend raconter une belle chose : peu à peu la tête s'embarrasse, les entrailles s'émeuvent, et les larmes coulent. Au contraire, à l'aspect d'un accident tragique, l'objet, la sensation et l'effet se touchent ; en un instant, les entrailles s'émeuvent, on pousse un cri, la tête se perd, et les larmes coulent ; celles-ci viennent subitement ; les autres sont amenées. Voilà l'avantage d'un coup de théâtre naturel et vrai sur une scène éloquente, il opère brusquement ce que la scène fait attendre ; mais l'illusion en est beaucoup plus difficile à produire ; un incident faux, mal rendu, la détruit. Les accents s'imitent mieux que les mouvements, mais les mouvements frappent plus violemment. Voilà le fondement d'une loi à laquelle je ne crois pas qu'il y ait d'exception, c'est de dénouer par une action et non par un récit, sous peine d'être froid.

Eh bien, n'avez-vous rien à m'objecter ? Je vous entends ; vous faites un récit en société ; vos entrailles s'émeuvent, votre voix s'entrecoupe, vous pleurez. Vous avez, dites-vous, senti et très vivement senti. J'en conviens ; mais vous y êtes-vous préparé ? Non. Parliez-vous en vers ? Non. Cependant vous entraîniez, vous étonniez, vous touchiez, vous produisiez un grand effet. Il est vrai. Mais portez au théâtre votre ton familier, votre expression simple, votre maintien domestique, votre geste naturel, et vous verrez combien vous serez pauvre et faible. Vous aurez beau verser des pleurs, vous serez ridicule, on rira. Ce ne sera pas une tragédie, ce sera une parade tragique que vous jouerez. Croyez-vous que les scènes de Corneille, de Racine, de Voltaire, même de Shakespeare, puissent se débiter avec votre voix de conversation et le ton du coin de votre âtre ? Pas plus que l'histoire du coin de votre âtre avec l'emphase et l'ouverture de bouche du théâtre.

LE SECOND

C'est que peut-être Racine et Corneille, tout grands hommes qu'ils étaient, n'ont rien fait qui vaille.

LE PREMIER

Quel blasphème ! Qui est-ce qui oserait le proférer ? Qui est-ce qui oserait y applaudir ? Les choses familières de Corneille ne peuvent pas même se dire d'un ton familier.

Mais une expérience que vous aurez cent fois répétée, c'est qu'à la fin de votre récit, au milieu du trouble et de l'émotion que vous avez jetés dans votre petit auditoire de salon, il survient un nouveau personnage dont il faut satisfaire la curiosité. Vous ne le pouvez plus, votre âme est épuisée, il ne vous reste ni sensibilité, ni chaleur, ni larmes. Pourquoi l'acteur n'éprouve-t-il pas le même affaissement ? C'est qu'il y a bien de la différence de l'intérêt qu'il prend à un conte fait à plaisir et de l'intérêt que vous inspire le malheur de votre voisin. Êtes-vous Cinna ? Avez-vous jamais été Cléopâtre, Mérope, Agrippine [1] ? Que vous importent ces gens-là ? La Cléopâtre, la Mérope, l'Agrippine, le Cinna du théâtre, sont-ils même des personnages historiques ? Non. Ce sont les fantômes imaginaires de la poésie ; je dis trop : ce sont des spectres de la façon particulière de tel ou tel poète. Laissez ces espèces d'hippogriffes[1] sur la scène avec leurs mouvements, leur allure et leurs cris ; ils figureraient mal dans l'histoire : ils feraient éclater de rire dans un cercle ou une autre assemblée de la société. On se demanderait à l'oreille : Est-ce qu'il est en délire ? D'où vient ce Don Quichotte-là ? Où fait-on de ces contes-là ! Quelle est la planète où l'on parle ainsi ?

LE SECOND

Mais pourquoi ne révoltent-ils pas au théâtre ?

LE PREMIER

C'est qu'ils y sont de convention. C'est une formule donnée par le vieil Eschyle ; c'est un protocole de trois mille ans.

LE SECOND

Et ce protocole a-t-il encore longtemps à durer ?

LE PREMIER

Je l'ignore. Tout ce que je sais, c'est qu'on s'en écarte à mesure qu'on s'approche de son siège et de son pays.

Connaissez-vous une situation plus semblable à celle d'Agamemnon dans la première scène d'*Iphigénie* que la situation de Henri IV, lorsque, obsédé de terreurs qui n'étaient que trop fondées, il disait à ses familiers : « Ils me tueront, rien n'est plus certain ; ils me tueront... » Supposez que cet excellent homme, ce grand et malheureux monarque, tourmenté la nuit de ce pressentiment funeste, se lève et s'en aille frapper à la porte de Sully, son ministre et son ami ; croyez-vous qu'il y eût un poète assez absurde pour faire dire à Henri :

> Oui, c'est Henri, c'est ton roi qui t'éveille,
> Viens, reconnais la voix qui frappe ton oreille...

et faire répondre à Sully :

> C'est vous-même, seigneur ! Quel important besoin
> Vous a fait devancer l'aurore de si loin ?
> À peine un faible jour vous éclaire et me guide.
> Vos yeux seuls et les miens sont ouverts !...

LE SECOND

C'était peut-être là le vrai langage d'Agamemnon.

LE PREMIER

Pas plus que celui de Henri IV. C'est celui d'Homère, c'est celui de Racine, c'est celui de la poésie ; et ce langage pompeux ne peut être employé que par des êtres inconnus [1], et parlé par des bouches poétiques avec un ton poétique.

Réfléchissez un moment sur ce qu'on appelle au théâtre *être vrai*. Est-ce y montrer les choses comme elles sont en nature ? Aucunement. Le vrai en ce sens ne serait que le commun. Qu'est-ce donc que le vrai de la scène ? C'est la conformité des actions, des discours, de la figure, de la voix, du mouvement, du geste, avec un modèle idéal imaginé par le poète, et souvent exagéré par le comédien. Voilà le merveilleux. Ce modèle n'influe pas seulement sur le ton ; il modifie jusqu'à la démarche, jusqu'au maintien. De là vient que le comédien dans la rue ou sur la scène sont deux personnages si différents, qu'on a peine à les reconnaître. La première fois que je vis Mlle Clairon chez elle, je m'écriai tout naturellement : « *Ah! mademoiselle, je vous croyais de toute la tête plus grande*[1]. »

Une femme malheureuse, et vraiment malheureuse, pleure et ne vous touche point : il y a pis, c'est qu'un trait léger qui la défigure vous fait rire ; c'est qu'un accent qui lui est propre dissone à votre oreille et vous blesse ; c'est qu'un mouvement qui lui est habituel vous montre sa douleur ignoble et maussade ; c'est que les passions outrées sont presque toutes sujettes à des grimaces que l'artiste sans goût copie servilement, mais que le grand artiste évite. Nous voulons qu'au plus fort des tourments l'homme garde le caractère d'homme, la dignité de son espèce. Quel est l'effet de cet effort héroïque ? De distraire de la douleur et de la tempérer. Nous voulons que cette femme tombe avec décence, avec mollesse, et que ce héros meure comme le gladiateur ancien, au milieu de l'arène, aux applaudissements du cirque, avec grâce, avec noblesse, dans une attitude élégante et pittoresque. Qui est-ce qui remplira notre attente ? Sera-ce l'athlète que la douleur subjugue et que la sensibilité décompose ? Ou l'athlète académisé qui se possède et pratique les leçons de la gymnastique en rendant le dernier soupir ? Le gladiateur ancien, comme un grand comédien, un grand comédien, ainsi que le gladiateur ancien, ne meurent pas comme on meurt sur un lit, mais sont tenus de nous jouer une autre mort pour nous plaire, et le spectateur délicat sentirait que la vérité nue, l'action dénuée de tout apprêt serait mesquine et contrasterait avec la poésie du reste.

Ce n'est pas que la pure nature n'ait ses moments sublimes ; mais je pense que s'il est quelqu'un sûr de saisir et de conserver leur sublimité, c'est celui qui les aura pressentis d'imagination ou de génie, et qui les rendra de sang-froid.

Cependant je ne nierais pas qu'il n'y eût une sorte de mobilité d'entrailles acquise ou factice ; mais si vous m'en demandez mon avis, je la crois presque aussi dangereuse que la sensibilité naturelle. Elle doit conduire peu à peu l'acteur à la manière [1] et à la monotonie. C'est un élément contraire à la diversité des fonctions d'un grand comédien ; il est souvent obligé de s'en dépouiller, et cette abnégation de soi n'est possible qu'à une tête de fer. Encore vaudrait-il mieux, pour la facilité et le succès des études, l'universalité du talent et la perfection du jeu, n'avoir point à faire cette incompréhensible distraction de soi d'avec soi, dont l'extrême difficulté bornant chaque comédien à un seul rôle condamne les troupes à être très nombreuses, ou presque toutes les pièces à être mal jouées, à moins que l'on ne renverse l'ordre des choses, et que les pièces ne se fassent pour les acteurs, qui, ce me semble, devraient tout au contraire être faits pour les pièces.

LE SECOND

Mais si une foule d'hommes attroupés dans la rue [2] par quelque catastrophe viennent à déployer subitement, et chacun à sa manière, leur sensibilité naturelle, sans s'être concertés, ils créeront un spectacle merveilleux, mille modèles précieux pour la sculpture, la peinture, la musique et la poésie.

LE PREMIER

Il est vrai. Mais ce spectacle serait-il à comparer avec celui qui résulterait d'un accord bien entendu, de cette harmonie que l'artiste y introduira lorsqu'il le transportera du carrefour sur la scène ou sur la toile ? Si vous le prétendez, quelle est donc, vous répliquerai-je, cette magie de l'art si vantée, puisqu'elle se réduit à gâter ce que la brute nature et un arrangement fortuit avaient mieux fait qu'elle ? Niez-vous qu'on n'embellisse la nature ! N'avez-vous jamais loué une femme en disant qu'elle était belle comme une *Vierge* de Raphaël ? À la vue d'un beau paysage, ne vous êtes-vous pas écrié qu'il était romanesque ? D'ailleurs vous me parlez d'une chose réelle, et moi je vous parle d'une imitation ; vous me parlez d'un instant fugitif de la nature, et moi je vous parle d'un ouvrage de l'art, projeté, suivi, qui a ses progrès et sa durée. Prenez chacun de ces acteurs, faites varier la scène dans la rue comme au théâtre, et montrez-moi vos personnages successivement, isolés, deux à deux, trois à trois ; abandonnez-les à leurs propres mouvements ; qu'ils soient maîtres absolus de leurs actions, et vous verrez l'étrange cacophonie qui en résultera. Pour obvier à ce défaut, les faites-vous répéter ensemble ? Adieu leur sensibilité naturelle, et tant mieux.

Il en est du spectacle comme d'une société bien ordonnée, où chacun sacrifie de ses droits primitifs pour le bien de l'ensemble et du tout. Qui est-ce qui appréciera le mieux la mesure de ce sacrifice ? Sera-ce l'enthousiaste ? Le fanatique ? Non, certes. Dans la société, ce sera l'homme juste ; au théâtre, le

comédien qui aura la tête froide. Votre scène des
rues est à la scène dramatique comme une horde de
sauvages à une assemblée d'hommes civilisés.

C'est ici le lieu de vous parler de l'influence perfide
d'un médiocre partenaire sur un excellent comédien.
Celui-ci a conçu grandement, mais il sera forcé de
renoncer à son modèle idéal pour se mettre au niveau
du pauvre diable avec qui il est en scène. Il se passe
alors d'étude et de bon jugement : ce qui se fait
d'instinct à la promenade ou au coin du feu, celui qui
parle bas abaisse le ton de son interlocuteur. Ou si
vous aimez mieux une autre comparaison, c'est
comme au whist, où vous perdez une portion de votre
habileté, si vous ne pouvez pas compter sur votre
joueur. Il y a plus : la Clairon vous dira, quand vous
voudrez, que Le Kain[1], par méchanceté, la rendait
mauvaise ou médiocre, à discrétion ; et que, de
représailles, elle l'exposait quelquefois aux sifflets.
Qu'est-ce donc que deux comédiens qui se soutien-
nent mutuellement ? Deux personnages dont les
modèles ont, proportion gardée, ou l'égalité, ou la
subordination qui convient aux circonstances où le
poète les a placés, sans quoi l'un sera trop fort ou
trop faible ; et pour sauver cette dissonance, le fort
élèvera rarement le faible à sa hauteur ; mais, de
réflexion, il descendra à sa petitesse. Et savez-vous
l'objet de ces répétitions si multipliées ? C'est d'établir une balance entre les talents divers des acteurs,
de manière qu'il en résulte une action générale qui
soit une ; et lorsque l'orgueil de l'un d'entre eux se
refuse à cette balance, c'est toujours aux dépens de la
perfection du tout, au détriment de votre plaisir ; car
il est rare que l'excellence d'un seul vous dédommage

de la médiocrité des autres qu'elle fait ressortir. J'ai vu quelquefois la personnalité d'un grand acteur punie ; c'est lorsque le public prononçait sottement qu'il était outré, au lieu de sentir que son partenaire était faible.

À présent vous êtes poète : vous avez une pièce à faire jouer, et je vous laisse le choix ou d'acteurs à profond jugement et à tête froide, ou d'acteurs sensibles. Mais avant de vous décider, permettez que je vous fasse une question. À quel âge est-on grand comédien ? Est-ce à l'âge où l'on est plein de feu, où le sang bouillonne dans les veines, où le choc le plus léger porte le trouble au fond des entrailles, où l'esprit s'enflamme à la moindre étincelle ? Il me semble que non. Celui que la nature a signé[1] comédien, n'excelle dans son art que quand la longue expérience est acquise, lorsque la fougue des passions est tombée, lorsque la tête est calme, et que l'âme se possède. Le vin de la meilleure qualité est âpre et bourru lorsqu'il fermente ; c'est par un long séjour dans la tonne qu'il devient généreux. Cicéron, Sénèque et Plutarque me représentent les trois âges de l'homme qui compose : Cicéron n'est souvent qu'un feu de paille qui réjouit mes yeux ; Sénèque un feu de sarment qui les blesse ; au lieu que si je remue les cendres du vieux Plutarque, j'y découvre les gros charbons d'un brasier qui m'échauffent doucement.

Baron[2] jouait, à soixante ans passés, le comte d'Essex, Xipharès, Britannicus, et les jouait bien. La Gaussin[3] enchantait, dans l'*Oracle* et *la Pupille*, à cinquante ans.

LE SECOND

Elle n'avait guère le visage de son rôle.

LE PREMIER

Il est vrai ; et c'est là peut-être un des obstacles insurmontables à l'excellence d'un spectacle. Il faut s'être promené de longues années sur les planches, et le rôle exige quelquefois la première jeunesse. S'il s'est trouvé une actrice de dix-sept ans [1], capable du rôle de Monime, de Didon, de Pulchérie, d'Hermione, c'est un prodige qu'on ne reverra plus. Cependant un vieux comédien n'est ridicule que quand les forces l'ont tout à fait abandonné, ou que la supériorité de son jeu ne sauve pas le contraste de sa vieillesse et de son rôle. Il en est au théâtre comme dans la société, où l'on ne reproche la galanterie à une femme que quand elle n'a ni assez de talents, ni assez d'autres vertus pour couvrir un vice.

De nos jours, la Clairon et Molé [2] ont, en débutant, joué à peu près comme des automates, ensuite ils se sont montrés de vrais comédiens. Comment cela s'est-il fait ? Est-ce que l'âme, la sensibilité, les entrailles leur sont venues à mesure qu'ils avançaient en âge ?

Il n'y a qu'un moment, après dix ans d'absence du théâtre, la Clairon voulut y reparaître ; si elle joua médiocrement, est-ce qu'elle avait perdu son âme, sa sensibilité, ses entrailles ? Aucunement ; mais bien la mémoire de ses rôles. J'en appelle à l'avenir.

LE SECOND

Quoi, vous croyez qu'elle nous reviendra ?

LE PREMIER

Ou qu'elle périra d'ennui ; car que voulez-vous qu'on mette à la place de l'applaudissement public et d'une grande passion ? Si cet acteur, si cette actrice étaient profondément pénétrés, comme on le suppose, dites-moi si l'un penserait à jeter un coup d'œil sur les loges, l'autre à diriger un sourire vers la coulisse, presque tous à parler au parterre, et si l'on irait aux foyers interrompre les ris immodérés d'un troisième, et l'avertir qu'il est temps de venir se poignarder ?

Mais il me prend envie de vous ébaucher une scène entre un comédien et sa femme qui se détestaient ; scène d'amants tendres et passionnés ; scène jouée publiquement sur les planches, telle que je vais vous la rendre et peut-être un peu mieux ; scène où deux acteurs ne parurent jamais plus fortement à leurs rôles ; scène où ils enlevèrent les applaudissements continus du parterre et des loges ; scène que nos battements de mains et nos cris d'admiration interrompirent dix fois. C'est la troisième du quatrième acte du *Dépit amoureux* de Molière, leur triomphe [1].

Le comédien ÉRASTE, *amant de Lucile*,
LUCILE, *maîtresse d'Éraste et femme du comédien.*

LE COMÉDIEN

Non, non, ne croyez pas, madame,
Que je revienne encor vous parler de ma flamme.

La comédienne. Je vous le conseille.

C'en est fait ;

Je l'espère.

Je me veux guérir, et connais bien
Ce que de votre cœur a possédé le mien.

— Plus que vous n'en méritiez.

Un courroux si constant pour l'ombre d'une offense

— Vous, m'offenser! je ne vous fais pas cet honneur.

M'a trop bien éclairci de votre indifférence;
Et je dois vous montrer que les traits du mépris

— Le plus profond.

Sont sensibles surtout aux généreux esprits.

— Oui, aux généreux.

Je l'avouerai, mes yeux observaient dans les vôtres
Des charmes qu'ils n'ont point trouvés dans tous les
    autres.

— Ce n'est pas faute d'en avoir vu.

Et le ravissement où j'étais de mes fers
Les aurait préférés à des sceptres offerts.

— Vous en avez fait meilleur marché.

Je vivais tout en vous;

— Cela est faux, et vous en avez menti.

                    Et, je l'avouerai même,
Peut-être qu'après tout j'aurai, quoique outragé,
Assez de peine encor à m'en voir dégagé.

— Cela serait fâcheux.

Possible que, malgré la cure qu'elle essaie,
Mon âme saignera longtemps de cette plaie,

— Ne craignez rien; la gangrène y est.

Et qu'affranchi d'un joug qui faisait tout mon bien,
Il faudra me résoudre à n'aimer jamais rien.

— Vous trouverez du retour.

Mais enfin il n'importe ; et puisque votre haine
Chasse un cœur tant de fois que l'amour vous ramène,
C'est la dernière ici des importunités
Que vous aurez jamais de mes vœux rebutés.

LA COMÉDIENNE

Vous pouvez faire aux miens la grâce tout entière,
Monsieur, et m'épargner encor cette dernière.

Le comédien. Mon cœur, vous êtes une insolente, et vous vous en repentirez.

LE COMÉDIEN

Eh bien, madame, eh bien ! ils seront satisfaits.
Je romps avecque vous, et j'y romps pour jamais.
Puisque vous le voulez, que je perde la vie,
Lorsque de vous parler je reprendrai l'envie.

LA COMÉDIENNE

Tant mieux, c'est m'obliger.

LE COMÉDIEN

Non, non, n'ayez pas peur.

La comédienne. Je ne vous crains pas.

Que je fausse parole ; eussé-je un faible cœur,
Jusques à n'en pouvoir effacer votre image,
Croyez que vous n'aurez jamais cet avantage

— C'est le malheur que vous voulez dire.

De me voir revenir.

LA COMÉDIENNE

Ce serait bien en vain.

Le comédien. Ma mie, vous êtes une fieffée gueuse, à qui j'apprendrai à parler.

LE COMÉDIEN

Moi-même de cent coups je percerais mon sein,

La comédienne. Plût à Dieu !

Si j'avais jamais fait cette bassesse insigne,

— Pourquoi pas celle-là, après tant d'autres ?

De vous revoir, après ce traitement indigne.

LA COMÉDIENNE

Soit ; n'en parlons donc plus.

Et ainsi du reste. Après cette double scène, l'une d'amants, l'autre d'époux, lorsque Éraste reconduisait sa maîtresse Lucile dans la coulisse, il lui serrait le bras d'une violence à arracher la chair à sa chère femme, et répondait à ses cris par les propos les plus insultants et les plus amers.

LE SECOND

Si j'avais entendu ces deux scènes simultanées, je crois que de ma vie je n'aurais remis le pied au spectacle.

LE PREMIER

Si vous prétendez que cet acteur et cette actrice ont senti, je vous demanderai si c'est dans la scène des amants, ou dans la scène des époux, ou dans l'une et l'autre ? Mais écoutez la scène suivante entre la même comédienne et un autre acteur, son amant [1].

Tandis que l'amant parle, la comédienne dit de son mari : « C'est un indigne, il m'a appelée... ; je n'oserais vous le répéter. »

Tandis qu'elle répond, son amant lui répond :
« Est-ce que vous n'y êtes pas faite ?... » Et ainsi de
couplet en couplet.

« Ne soupons-nous pas ce soir ? — Je le voudrais
bien ; mais comment s'échapper ? — C'est votre
affaire. — S'il vient à le savoir ? — Il n'en sera ni plus
ni moins, et nous aurons par devers nous une soirée
douce. — Qui aurons-nous ? — Qui vous voudrez.
— Mais d'abord le chevalier, qui est de fondation.
— A propos du chevalier, savez-vous qu'il ne tien-
drait qu'à moi d'en être jaloux ? — Et qu'à moi que
vous eussiez raison ? »

C'est ainsi que ces êtres si sensibles vous parais-
saient tout entiers à la scène haute que vous entendiez, tandis qu'ils n'étaient vraiment qu'à la scène
basse que vous n'entendiez pas ; et vous vous écriiez :
« Il faut avouer que cette femme est une actrice
charmante ; que personne ne sait écouter comme
elle, et qu'elle joue avec une intelligence, une grâce,
un intérêt, une finesse, une sensibilité peu commune... » Et moi, je riais de vos exclamations.

Cependant cette actrice trompe son mari avec un
autre acteur, cet acteur avec le chevalier, et le
chevalier avec un troisième, que le chevalier sur-
prend entre ses bras. Celui-ci a médité une grande
vengeance. Il se placera aux balcons, sur les gradins
les plus bas. (Alors le comte de Lauraguais n'en avait
pas encore débarrassé notre scène[1].) Là, il s'est
promis de déconcerter l'infidèle par sa présence et
par ses regards méprisants, de la troubler et de
l'exposer aux huées du parterre. La pièce commence ; sa traîtresse paraît ; elle aperçoit le chevalier ; et, sans s'ébranler dans son jeu, elle lui dit en

souriant : « Fi ! le vilain boudeur qui se fâche pour rien. » Le chevalier sourit à son tour. Elle continue : « Vous venez ce soir ? » Il se tait. Elle ajoute : « Finissons cette plate querelle, et faites avancer votre carrosse... » Et savez-vous dans quelle scène on intercalait celle-ci ? Dans une des plus touchantes de La Chaussée, où cette comédienne sanglotait et nous faisait pleurer à chaudes larmes. Cela vous confond ; et c'est pourtant l'exacte vérité.

LE SECOND

C'est à me dégoûter du théâtre.

LE PREMIER

Et pourquoi ? Si ces gens-là n'étaient pas capables de ces tours de force, c'est alors qu'il n'y faudrait pas aller. Ce que je vais vous raconter, je l'ai vu.

Garrick passe sa tête entre les deux battants d'une porte [1], et, dans l'intervalle de quatre à cinq secondes, son visage passe successivement de la joie folle à la joie modérée, de cette joie à la tranquillité, de la tranquillité à la surprise, de la surprise à l'étonnement, de l'étonnement à la tristesse, de la tristesse à l'abattement, de l'abattement à l'effroi, de l'effroi à l'horreur, de l'horreur au désespoir, et remonte de ce dernier degré à celui d'où il était descendu. Est-ce que son âme a pu éprouver toutes ces sensations et exécuter, de concert avec son visage, cette espèce de gamme ? Je n'en crois rien, ni vous non plus. Si vous demandiez à cet homme célèbre, qui lui seul méritait autant qu'on fît le voyage d'Angleterre que tous les restes de Rome méritent qu'on fasse le voyage d'Italie ; si vous lui demandiez, dis-je, la scène du Petit Garçon pâtissier, il vous la jouait ; si vous lui demandiez tout de suite la scène d'Hamlet, il vous la jouait, également prêt à pleurer la chute de ses petits pâtés et à suivre dans l'air le chemin d'un poignard. Est-ce qu'on rit, est-ce qu'on pleure à discrétion ? On en fait la grimace plus ou moins fidèle, plus ou moins trompeuse, selon qu'on est ou qu'on n'est pas Garrick.

Je persifle quelquefois, et même avec assez de vérité, pour en imposer aux hommes du monde les plus déliés. Lorsque je me désole de la mort simulée de ma sœur dans la scène avec l'avocat bas-normand ; lorsque, dans la scène avec le premier commis de la marine, je m'accuse d'avoir fait un enfant à la femme d'un capitaine de vaisseau, j'ai tout à fait l'air d'éprouver de la douleur et de la honte ; mais suis-je affligé ? suis-je honteux ? Pas plus dans ma petite comédie que dans la société, où j'avais fait ces deux rôles avant de les introduire dans un ouvrage de théâtre [1]. Qu'est-ce donc qu'un grand comédien ? Un grand persifleur tragique ou comique, à qui le poète a dicté son discours.

Sedaine donne *le Philosophe sans le savoir* [2]. Je m'intéressais plus vivement que lui au succès de la pièce ; la jalousie de talents est un vice qui m'est étranger, j'en ai assez d'autres sans celui-là : j'atteste tous mes confrères en littérature, lorsqu'ils ont daigné quelquefois me consulter sur leurs ouvrages, si je n'ai pas fait tout ce qui dépendait de moi pour répondre dignement à cette marque distinguée de leur estime ? *Le Philosophe sans le savoir* chancelle à la première, à la seconde représentation, et j'en suis affligé ; à la troisième il va aux nues, et j'en suis

transporté de joie. Le lendemain matin je me jette
dans un fiacre, je cours après Sedaine ; c'était en
hiver, il faisait le froid le plus vigoureux ; je vais
partout où j'espère le trouver. J'apprends qu'il est au
fond du faubourg Saint-Antoine, je m'y fais
conduire. Je l'aborde ; je jette mes bras autour de son
cou ; la voix me manque, et les larmes me coulent le
long des joues. Voilà l'homme sensible et médiocre.
Sedaine, immobile et froid, me regarde et me dit :
« *Ah ! Monsieur Diderot, que vous êtes beau !* » Voilà
l'observateur et l'homme de génie.

Ce fait, je le racontais un jour à table, chez un
homme que ses talents supérieurs destinaient à
occuper la place la plus importante de l'État, chez
M. Necker[1] ; il y avait un assez grand nombre de
gens de lettres, entre lesquels Marmontel, que j'aime
et à qui je suis cher. Celui-ci me dit ironiquement :
« Vous verrez que lorsque Voltaire se désole au
simple récit d'un trait pathétique et que Sedaine
garde son sang-froid à la vue d'un ami qui fond en
larmes, c'est Voltaire qui est l'homme ordinaire et
Sedaine l'homme de génie ! » Cette apostrophe me
déconcerte et me réduit au silence, parce que
l'homme sensible, comme moi, tout entier à ce qu'on
lui objecte, perd la tête et ne se retrouve qu'au bas de
l'escalier. Un autre, froid et maître de lui-même,
aurait répondu à Marmontel : « Votre réflexion
serait mieux dans une autre bouche que la vôtre,
parce que vous ne sentez pas plus que Sedaine et que
vous faites aussi de fort belles choses, et que, courant
la même carrière que lui, vous pouviez laisser à votre
voisin le soin d'apprécier impartialement son mérite.
Mais sans vouloir préférer Sedaine à Voltaire, ni

Voltaire à Sedaine, pourriez-vous me dire ce qui serait sorti de la tête de l'auteur du *Philosophe sans le savoir,* du *Déserteur* et de *Paris sauvé*[1], si, au lieu de passer trente-cinq ans de sa vie à gâcher le plâtre et à couper la pierre, il eût employé tout ce temps, comme Voltaire, vous et moi, à lire et à méditer Homère, Virgile, le Tasse, Cicéron, Démosthène et Tacite ? Nous ne saurons jamais voir comme lui, et il aurait appris à dire comme nous. Je le regarde comme un des arrière-neveux de Shakespeare ; ce Shakespeare, que je ne comparerai ni à l'Apollon du Belvédère, ni au Gladiateur, ni à l'Antinoüs, ni à l'Hercule de Glycon, mais bien au saint Christophe de Notre-Dame, colosse informe, grossièrement sculpté, mais entre les jambes duquel nous passerions tous sans que notre front touchât à ses parties honteuses. »

Mais un autre trait où je vous montrerai un personnage dans un moment rendu plat et sot par sa sensibilité, et dans le moment suivant sublime par le sang-froid qui succéda à la sensibilité étouffée, le voici :

Un littérateur, dont je tairai le nom, était tombé dans l'extrême indigence. Il avait un frère, théologal[2] et riche. Je demandai à l'indigent pourquoi son frère ne le secourait pas. C'est, me répondit-il, que j'ai de grands torts avec lui. J'obtins de celui-ci la permission d'aller voir M. le théologal. J'y vais. On m'annonce ; j'entre. Je dis au théologal que je vais lui parler de son frère. Il me prend brusquement par la main, me fait asseoir et m'observe qu'il est d'un homme sensé de connaître celui dont il se charge de plaider la cause ; puis, m'apostrophant avec force :

« Connaissez-vous mon frère ? — Je le crois. — Êtes-vous instruit de ses procédés à mon égard ? — Je le crois. — Vous le croyez ? Vous savez donc ?... » Et voilà mon théologal qui me débite, avec une rapidité et une véhémence surprenante, une suite d'actions plus atroces, plus révoltantes les unes que les autres. Ma tête s'embarrasse, je me sens accablé ; je perds le courage de défendre un aussi abominable monstre que celui qu'on me dépeignait. Heureusement mon théologal, un peu prolixe dans sa philippique, me laissa le temps de me remettre ; peu à peu l'homme sensible se retira et fit place à l'homme éloquent, car j'oserai dire que je le fus dans cette occasion. « Monsieur, dis-je froidement au théologal, votre frère a fait pis, et je vous loue de me celer le plus criant de ses forfaits. — Je ne cèle rien. — Vous auriez pu ajouter à tout ce que vous m'avez dit, qu'une nuit, comme vous sortiez de chez vous pour aller à matines, il vous avait saisi à la gorge, et que tirant un couteau qu'il tenait caché sous son habit, il avait été sur le point de vous l'enfoncer dans le sein. — Il en est bien capable ; mais si je ne l'en ai pas accusé, c'est que cela n'est pas vrai... » Et moi, me levant subitement, et attachant sur mon théologal un regard ferme et sévère, je m'écriai d'une voix tonnante, avec toute la véhémence et l'emphase de l'indignation : « Et quand cela serait vrai, est-ce qu'il ne faudrait pas encore donner du pain à votre frère ? » Le théologal, écrasé, terrassé, confondu, reste muet, se promène, revient à moi et m'accorde une pension annuelle pour son frère[1].

Est-ce au moment où vous venez de perdre votre ami ou votre maîtresse que vous composerez un poème sur sa mort? Non. Malheur à celui qui jouit alors de son talent! C'est lorsque la grande douleur est passée, quand l'extrême sensibilité est amortie, lorsqu'on est loin de la catastrophe, que l'âme est calme, qu'on se rappelle son bonheur éclipsé, qu'on est capable d'apprécier la perte qu'on a faite, que la mémoire se réunit à l'imagination, l'une pour retracer, l'autre pour exagérer la douceur d'un temps passé; qu'on se possède et qu'on parle bien. On dit qu'on pleure, mais on ne pleure pas lorsqu'on poursuit une épithète énergique qui se refuse; on dit qu'on pleure, mais on ne pleure pas lorsqu'on s'occupe à rendre son vers harmonieux : ou si les larmes coulent, la plume tombe des mains, on se livre à son sentiment et l'on cesse de composer.

Mais il en est des plaisirs violents ainsi que des peines profondes; ils sont muets. Un ami tendre et sensible revoit un ami qu'il avait perdu par une longue absence; celui-ci reparaît dans un moment inattendu, et aussitôt le cœur du premier se trouble : il court, il embrasse, il veut parler; il ne saurait : il bégaye des mots entrecoupés, il ne sait ce qu'il dit, il n'entend rien de ce qu'on lui répond; s'il pouvait s'apercevoir que son délire n'est pas partagé, combien il souffrirait! Jugez par la vérité de cette peinture, de la fausseté de ces entrevues théâtrales où deux amis ont tant d'esprit et se possèdent si bien. Que ne vous dirais-je pas de ces insipides et éloquentes disputes à qui mourra ou plutôt à qui ne mourra pas, si ce texte, sur lequel je ne finirais point, ne nous éloignait de notre sujet? C'en est assez pour les gens d'un goût grand et vrai; ce que j'ajouterais n'apprendrait rien aux autres. Mais qui est-ce qui sauvera ces absurdités si communes au théâtre ? Le comédien, et quel comédien ?

Il est mille circonstances pour une où la sensibilité est aussi nuisible dans la société que sur la scène. Voilà deux amants, ils ont l'un et l'autre une déclaration à faire. Quel est celui qui s'en tirera le mieux ? Ce n'est pas moi. Je m'en souviens, je n'approchais de l'objet aimé qu'en tremblant ; le cœur me battait, mes idées se brouillaient ; ma voix s'embarrassait, j'estropiais tout ce que je disais ; je répondais *non* quand il fallait répondre *oui* ; je commettais mille gaucheries, des maladresses sans fin ; j'étais ridicule de la tête aux pieds, je m'en apercevais, je n'en devenais que plus ridicule. Tandis que, sous mes yeux, un rival gai, plaisant et léger, se possédant, jouissant de lui-même, n'échappant[1] aucune occasion de louer, et de louer finement, amusait, plaisait, était heureux ; il sollicitait une main qu'on lui abandonnait, il s'en saisissait quelquefois sans l'avoir sollicitée, il la baisait, il la baisait encore, et moi, retiré dans un coin, détournant mes regards d'un spectacle qui m'irritait, étouffant mes soupirs, faisant craquer mes doigts à force de serrer les poings, accablé de mélancolie, couvert d'une sueur froide, je ne pouvais ni montrer ni celer mon chagrin. On a dit que l'amour, qui ôtait l'esprit à ceux qui en avaient, en donnait à ceux qui n'en avaient pas ; c'est-à-dire, en autre français, qu'il rendait les uns sensibles et sots, et les autres froids et entreprenants.

L'homme sensible obéit aux impulsions de la nature et ne rend précisément que le cri de son cœur ; au moment où il tempère ou force ce cri, ce n'est plus lui, c'est un comédien qui joue.

Le grand comédien observe les phénomènes ; l'homme sensible lui sert de modèle, il le médite, et trouve, de réflexion, ce qu'il faut ajouter ou retrancher pour le mieux. Et puis, des faits encore après des raisons.

A la première représentation d'*Inès de Castro*[1], à l'endroit où les enfants paraissent, le parterre se mit à rire ; la Duclos, qui faisait Inès, indignée, dit au parterre : « Ris donc, sot parterre, au plus bel endroit de la pièce. » Le parterre l'entendit, se contint ; l'actrice reprit son rôle, et ses larmes et celles du spectateur coulèrent. Quoi donc ! est-ce qu'on passe et repasse ainsi d'un sentiment profond à un sentiment profond, de la douleur à l'indignation, de l'indignation à la douleur ? Je ne le conçois pas ; mais ce que je conçois très bien, c'est que l'indignation de la Duclos était réelle et sa douleur simulée.

Quinault-Dufresne[2] joue le rôle de Sévère dans *Polyeucte*. Il était envoyé par l'empereur Décius pour persécuter les chrétiens. Il confie ses sentiments secrets à son ami sur cette secte calomniée. Le sens commun exigeait que cette confidence, qui pouvait lui coûter la faveur du prince, sa dignité, sa fortune, la liberté et peut-être la vie, se fît à voix basse. Le parterre lui crie : « Plus haut. » Il réplique au parterre : « Et vous, messieurs, plus bas. » Est-ce que s'il eût été vraiment Sévère, il fût redevenu si prestement Quinault ? Non, vous dis-je, non. Il n'y a que l'homme qui se possède comme sans doute il se possédait, l'acteur rare, le comédien par excellence, qui puisse ainsi déposer et reprendre son masque.

Le Kain-Ninias[3] descend dans le tombeau de son père, il y égorge sa mère ; il en sort les mains sanglantes. Il est rempli d'horreur, ses membres tressaillent, ses yeux sont égarés, ses cheveux semblent se hérisser sur sa tête. Vous sentez frissonner les vôtres, la terreur vous saisit, vous êtes aussi éperdu que lui. Cependant Le Kain-Ninias pousse du pied vers la coulisse une pendeloque de diamants qui s'était détachée de l'oreille d'une actrice. Et cet acteur-là sent ? Cela ne se peut. Direz-vous qu'il est mauvais acteur ? Je n'en crois rien. Qu'est-ce donc que Le Kain-Ninias ? C'est un homme froid qui ne sent rien, mais qui figure supérieurement la sensibilité. Il a beau s'écrier : « Où suis-je ? » Je lui réponds : « Où tu es ? Tu le sais bien : tu es sur les planches, et tu pousses du pied une pendeloque vers la coulisse. »

Un acteur est pris de passion pour une actrice ; une pièce les met par hasard en scène dans un moment de jalousie. La scène y gagnera, si l'acteur est médiocre ; elle y perdra, s'il est comédien ; alors le grand comédien devient lui et n'est plus le modèle idéal et sublime qu'il s'est fait d'un jaloux. Une preuve qu'alors l'acteur et l'actrice se rabaissent l'un et l'autre à la vie commune, c'est que s'ils gardaient leurs échasses ils se riraient au nez ; la jalousie ampoulée et tragique ne leur semblerait souvent qu'une parade de la leur.

LE SECOND

Cependant il y aura des vérités de nature.

LE PREMIER

Comme il y en a dans la statue du sculpteur qui a rendu fidèlement un mauvais modèle. On admire ces vérités, mais on trouve le tout pauvre et méprisable.

Je dis plus : un moyen sûr de jouer petitement, mesquinement, c'est d'avoir à jouer son propre caractère. Vous êtes un tartuffe, un avare, un misanthrope, vous le jouerez bien ; mais vous ne ferez rien de ce que le poète a fait ; car il a fait, lui, le Tartuffe, l'Avare et le Misanthrope.

LE SECOND

Quelle différence mettez-vous donc entre un tartuffe et le Tartuffe ?

LE PREMIER

Le commis Billard[1] est un tartuffe, l'abbé Grizel est un tartuffe, mais il n'est pas le Tartuffe. Le financier Toinard était un avare, mais il n'était pas l'Avare. L'Avare et le Tartuffe ont été faits d'après tous les Toinards et tous les Grizels du monde ; ce sont leurs traits les plus généraux et les plus marqués, et ce n'est le portrait exact d'aucun ; aussi personne ne s'y reconnaît-il.

Les comédies de verve et même de caractères sont exagérées. La plaisanterie de société est une mousse légère qui s'évapore sur la scène ; la plaisanterie de théâtre est une arme tranchante qui blesserait dans la société. On n'a pas pour des êtres imaginaires le ménagement qu'on doit à des êtres réels.

La satire est d'un tartuffe, et la comédie est du Tartuffe. La satire poursuit un vicieux, la comédie poursuit un vice. S'il n'y avait eu qu'une ou deux Précieuses ridicules, on en aurait pu faire une satire, mais non pas une comédie.

Allez-vous-en chez La Grenée[2], demandez-lui la

Peinture, et il croira avoir satisfait à votre demande, lorsqu'il aura placé sur sa toile une femme devant un chevalet, la palette passée dans le pouce et le pinceau à la main. Demandez-lui la *Philosophie,* et il croira l'avoir faite, lorsque, devant un bureau, la nuit, à la lueur d'une lampe, il aura appuyé sur le coude une femme en négligé, échevelée et pensive, qui lit ou qui médite. Demandez-lui la *Poésie,* et il peindra la même femme dont il ceindra la tête d'un laurier, et à la main de laquelle il placera un rouleau. La *Musique,* ce sera encore la même femme avec une lyre au lieu de rouleau. Demandez-lui la *Beauté,* demandez même cette figure à un plus habile que lui, ou je me trompe fort, ou ce dernier se persuadera que vous n'exigez de son art que la figure d'une belle femme. Votre acteur et ce peintre tombent tous deux dans un même défaut, et je leur dirai : « Votre tableau, votre jeu, ne sont que des portraits d'individus fort au-dessous de l'idée générale que le poète a tracée, et du modèle idéal dont je me promettais la copie. Votre voisine est belle, très belle ; d'accord : mais ce n'est pas la Beauté. Il y a aussi loin de votre ouvrage à votre modèle que de votre modèle à l'idéal. »

LE SECOND

Mais ce modèle idéal ne serait-il pas une chimère ?

LE PREMIER

Non.

LE SECOND

Mais puisqu'il est idéal, il n'existe pas : or, il n'y a rien dans l'entendement qui n'ait été dans la sensation.

LE PREMIER

Il est vrai. Mais prenons un art à son origine, la sculpture, par exemple. Elle copia le premier modèle qui se présenta. Elle vit ensuite qu'il y avait des modèles moins imparfaits qu'elle préféra. Elle corrigea les défauts grossiers de ceux-ci, puis les défauts moins grossiers, jusqu'à ce que, par une longue suite de travaux, elle atteignît une figure qui n'était plus dans la nature.

LE SECOND

Et pourquoi ?

LE PREMIER

C'est qu'il est impossible que le développement d'une machine aussi compliquée qu'un corps animal soit régulier. Allez aux Tuileries ou aux Champs-Élysées un beau jour de fête ; considérez toutes les femmes qui rempliront les allées, et vous n'en trouverez pas une seule qui ait les deux coins de la bouche parfaitement semblables. La Danaé du Titien est un portrait ; l'Amour, placé au pied de sa couche, est idéal. Dans un tableau de Raphaël[1], qui a passé de la galerie de M. de Thiers dans celle de Catherine II, le saint Joseph est une nature commune ; la Vierge est une belle femme réelle ; l'enfant Jésus est idéal. Mais si vous en voulez savoir davantage sur ces principes spéculatifs de l'art, je vous communiquerai mes Salons.

LE SECOND

J'en ai entendu parler avec éloge par un homme d'un goût fin et d'un esprit délicat.

LE PREMIER

M. Suard[1].

LE SECOND

Et par une femme qui possède tout ce que la
pureté d'une âme angélique ajoute à la finesse du
goût.

LE PREMIER

Madame Necker[2].

LE SECOND

Mais rentrons dans notre sujet.

LE PREMIER

J'y consens, quoique j'aime mieux louer la vertu
que de discuter des questions assez oiseuses.

LE SECOND

Quinault-Dufresne, glorieux de caractère, jouait
merveilleusement le Glorieux[3].

LE PREMIER

Il est vrai ; mais d'où savez-vous qu'il se jouât lui-
même ? ou pourquoi la nature n'en aurait-elle pas fait
un glorieux très rapproché de la limite qui sépare le
beau réel du beau idéal, limite sur laquelle se jouent
les différentes écoles ?

LE SECOND

Je ne vous entends pas.

LE PREMIER

Je suis plus clair dans mes Salons, où je vous conseille de lire le morceau sur la Beauté en géné-ral[1]. En attendant, dites-moi, Quinault-Dufresne est-il Orosmane ? Non. Cependant, qui est-ce qui l'a remplacé et le remplacera dans ce rôle ? Était-il l'homme du *Préjugé à la mode* ? Non. Cependant avec quelle vérité ne le jouait-il pas ?

LE SECOND

A vous entendre, le grand comédien est tout et n'est rien.

LE PREMIER

Et peut-être est-ce parce qu'il n'est rien qu'il est tout par excellence, sa forme particulière ne contra-riant jamais les formes étrangères qu'il doit prendre.

Entre tous ceux qui ont exercé l'utile et belle profession de comédiens ou de prédicateurs laïques, un des hommes les plus honnêtes, un des hommes qui en avaient le plus la physionomie, le ton et le maintien, le frère du *Diable boiteux,* de *Gil Blas*, du *Bachelier de Salamanque,* Montménil...

LE SECOND

Le fils de Le Sage[2], père commun de toute cette plaisante famille...

LE PREMIER

Faisait avec un égal succès Ariste dans *la Pupille,* Tartuffe dans la comédie de ce nom, Mascarille dans *les Fourberies de Scapin,* l'avocat ou M. Guillaume dans la farce de *Patelin.*

LE SECOND

Je l'ai vu.

LE PREMIER

Et à votre grand étonnement, il avait le masque de ces différents visages. Ce n'était pas naturellement, car Nature ne lui avait donné que le sien ; il tenait donc les autres de l'art.

Est-ce qu'il y a une sensibilité artificielle ? Mais soit factice, soit innée, la sensibilité n'a pas lieu dans tous les rôles. Quelle est donc la qualité acquise ou naturelle qui constitue le grand acteur dans l'Avare, le Joueur, le Flatteur, le Grondeur[1], le Médecin malgré lui, l'être le moins sensible et le plus immoral que la poésie ait encore imaginé, le Bourgeois gentilhomme, le Malade et le Cocu imaginaires ; dans Néron, Mithridate, Atrée, Phocas[2], Sertorius, et tant d'autres caractères tragiques ou comiques, où la sensibilité est diamétralement opposée à l'esprit du rôle ? La facilité de connaître et de copier toutes les natures. Croyez-moi, ne multiplions pas les causes lorsqu'une suffit à tous les phénomènes.

Tantôt le poète a senti plus fortement que le comédien, tantôt, et plus souvent peut-être, le comédien a conçu plus fortement que le poète ; et rien n'est plus dans la vérité que cette exclamation de Voltaire, entendant la Clairon dans une de ses pièces : *Est-ce bien moi qui ai fait cela ?* Est-ce que la Clairon en sait plus que Voltaire ? Dans ce moment du moins son modèle idéal, en déclamant, était bien au-delà du modèle idéal que le poète s'était fait en écrivant, mais ce modèle idéal n'était pas elle. Quel était donc son talent? Celui d'imaginer un grand fantôme et de le copier de génie. Elle imitait le mouvement, les actions, les gestes, toute l'expression d'un être fort au-dessus d'elle. Elle avait trouvé ce qu'Eschine récitant une oraison de Démosthène ne put jamais rendre, le mugissement de la bête. Il disait à ses disciples : « Si cela vous affecte si fort, qu'aurait-ce donc été, *si audivissetis bestiam mugientem*[1] ? » Le poète avait engendré l'animal terrible, la Clairon le faisait mugir.

Ce serait un singulier abus des mots que d'appeler sensibilité cette facilité de rendre toutes natures, même les natures féroces. La sensibilité, selon la seule acception qu'on ait donnée jusqu'à présent à ce terme, est, ce me semble, cette disposition compagne de la faiblesse des organes, suite de la mobilité du diaphragme, de la vivacité de l'imagination, de la délicatesse des nerfs, qui incline à compatir, à frissonner, à admirer, à craindre, à se troubler, à pleurer, à s'évanouir, à secourir, à fuir, à crier, à perdre la raison, à exagérer, à mépriser, à dédaigner, à n'avoir aucune idée précise du vrai, du bon et du beau, à être injuste, à être fou. Multipliez les âmes sensibles, et vous multiplierez en même proportion les bonnes et les mauvaises actions en tout genre, les éloges et les blâmes outrés.

Poètes, travaillez-vous pour une nation délicate, vaporeuse et sensible ; renfermez-vous dans les harmonieuses, tendres et touchantes élégies de Racine ; elle se sauverait des boucheries de Shakespeare : ces âmes faibles sont incapables de supporter des secousses violentes. Gardez-vous bien de leur présenter des images trop fortes. Montrez-leur, si vous voulez,

> Le fils tout dégouttant du meurtre de son père,
> Et sa tête à la main demandant son salaire[1] ;

mais n'allez pas au-delà. Si vous osiez leur dire avec Homère : « Où vas-tu, malheureux ? Tu ne sais donc pas que c'est à moi que le ciel envoie les enfants des pères infortunés ; tu ne recevras point les derniers embrassements de ta mère ; déjà je te vois étendu sur la terre, déjà je vois les oiseaux de proie, rassemblés autour de ton cadavre, t'arracher les yeux de la tête en battant les ailes de joie » ; toutes nos femmes s'écrieraient en détournant la tête : « Ah ! l'horreur !... » Ce serait bien pis si ce discours, prononcé par un grand comédien, était encore fortifié de sa véritable déclamation.

LE SECOND

Je suis tenté de vous interrompre pour vous demander ce que vous pensez de ce vase présenté à Gabrielle de Vergy, qui y voit le cœur sanglant de son amant[2].

LE PREMIER

Je vous répondrai qu'il faut être conséquent, et que, quand on se révolte contre ce spectacle, il ne faut pas souffrir qu'Œdipe se montre avec ses yeux crevés, et qu'il faut chasser de la scène Philoctète tourmenté de sa blessure, et exhalant sa douleur par des cris inarticulés. Les anciens avaient, ce me semble, une autre idée de la tragédie que nous, et ces anciens-là, c'étaient les Grecs, c'étaient les Athéniens, ce peuple si délicat, qui nous a laissé en tout genre des modèles que les autres nations n'ont point encore égalés. Eschyle, Sophocle, Euripide, ne veillaient pas des années entières pour ne produire que de ces petites impressions passagères qui se dissipent dans la gaieté d'un souper. Ils voulaient profondément attrister sur le sort des malheureux ; ils voulaient, non pas amuser seulement leurs concitoyens, mais les rendre meilleurs. Avaient-ils tort ? avaient-ils raison ? Pour cet effet, ils faisaient courir sur la scène les Euménides suivant la trace du parricide, et conduites par la vapeur du sang qui frappait leur odorat. Ils avaient trop de jugement pour applaudir à ces imbroglios, à ces escamotages de poignards, qui ne sont bons que pour des enfants. Une tragédie n'est, selon moi, qu'une belle page historique qui se partage en un certain nombre de repos marqués. On attend le shérif. Il arrive. Il interroge le seigneur du village. Il lui propose d'apostasier. Celui-ci s'y refuse. Il le condamne à mort. Il l'envoie dans les prisons. La fille vient demander la grâce de son père. Le shérif la lui accorde à une condition révoltante. Le seigneur du village est mis à mort. Les habitants poursuivent le shérif. Il fuit devant eux. L'amant de la fille du seigneur l'étend mort d'un coup de poignard ; et l'atroce intolérant meurt au milieu des imprécations. Il n'en faut pas davantage à un poète pour composer un grand ouvrage. Que la fille aille interroger sa mère sur son tombeau, pour en apprendre ce qu'elle doit à celui qui lui a donné la vie. Qu'elle soit incertaine sur le sacrifice de l'honneur que l'on exige d'elle. Que, dans cette incertitude, elle tienne son amant loin d'elle, et se refuse aux discours de sa passion. Qu'elle obtienne la permission de voir son père dans les prisons. Que son père veuille l'unir à son amant, et qu'elle n'y consente pas. Qu'elle se prostitue. Que, tandis qu'elle se prostitue, son père soit mis à mort. Que vous ignoriez sa prostitution jusqu'au moment où, son amant la trouvant désolée de la mort de son père qu'il lui apprend, il en apprend le sacrifice qu'elle a fait pour le sauver. Qu'alors le shérif, poursuivi par le peuple, arrive, et qu'il soit massacré par l'amant. Voilà une partie des détails d'un pareil sujet [1].

LE SECOND

Une partie !

LE PREMIER

Oui, une partie. Est-ce que les jeunes amants ne proposeront pas au seigneur du village de se sauver ? Est-ce que les habitants ne lui proposeront pas d'exterminer le shérif et ses satellites ? Est-ce qu'il n'y aura pas un prêtre défenseur de la tolérance ? Est-ce qu'au milieu de cette journée de douleur, l'amant restera oisif ? Est-ce qu'il n'y a pas de liaisons à supposer entre ces personnages ? Est-ce qu'il n'y a aucun parti à tirer de ces liaisons ? Est-ce qu'il ne peut pas, ce shérif, avoir été l'amant de la fille du seigneur du village ? Est-ce qu'il ne revient pas l'âme pleine de vengeance, et contre le père qui l'aura chassé du bourg, et contre la fille qui l'aura dédaigné ? Que d'incidents importants on peut tirer du sujet le plus simple quand on a la patience de le méditer ! Quelle couleur ne peut-on pas leur donner quand on est éloquent ! On n'est point poète dramati-

que sans être éloquent. Et croyez-vous que je manquerai de spectacle ? Cet interrogatoire, il se fera
dans tout son appareil. Laissez-moi disposer de mon
local, et mettons fin à cet écart.

Je te prends à témoin, Roscius[1] anglais, célèbre
Garrick, toi qui, du consentement unanime de toutes
les nations subsistantes, passes pour le premier
comédien qu'elles aient connu, rends hommage à la
vérité ! Ne m'as-tu pas dit que, quoique tu sentisses
fortement, ton action serait faible, si, quelle que fût
la passion ou le caractère que tu avais à rendre, tu ne
savais t'élever par la pensée à la grandeur d'un
fantôme homérique auquel tu cherchais à t'identi-
fier ? Lorsque je t'objectai que ce n'était donc pas
d'après toi que tu jouais, confesse ta réponse : ne
m'avouas-tu pas que tu t'en gardais bien, et que tu ne
paraissais si étonnant sur la scène, que parce que tu
montrais sans cesse au spectacle un être d'imagination qui n'était pas toi ?

LE SECOND

L'âme d'un grand comédien a été formée de
l'élément subtil dont notre philosophe remplissait
l'espace qui n'est ni froid, ni chaud, ni pesant, ni
léger, qui n'affecte aucune forme déterminée, et qui,
également susceptible de toutes, n'en conserve aucune.

LE PREMIER

Un grand comédien n'est ni un pianoforte, ni une
harpe, ni un clavecin, ni un violon, ni un violoncelle ;
il n'a point d'accord qui lui soit propre ; mais il prend
l'accord et le ton qui conviennent à sa partie, et il sait

se prêter à toutes. J'ai une haute idée du talent d'un grand comédien : cet homme est rare, aussi rare et peut-être plus grand que le poète.

Celui qui dans la société se propose, et a le malheureux talent de plaire à tous, n'est rien, n'a rien qui lui appartienne, qui le distingue, qui engoue les uns et qui fatigue les autres. Il parle toujours, et toujours bien ; c'est un adulateur de profession, c'est un grand courtisan, c'est un grand comédien.

LE SECOND

Un grand courtisan, accoutumé, depuis qu'il respire, au rôle d'un pantin merveilleux, prend toutes sortes de formes, au gré de la ficelle qui est entre les mains de son maître.

LE PREMIER

Un grand comédien est un autre pantin merveilleux dont le poète tient la ficelle, et auquel il indique à chaque ligne la véritable forme qu'il doit prendre.

LE SECOND

Ainsi un courtisan, un comédien, qui ne peuvent prendre qu'une forme, quelque belle, quelque intéressante qu'elle soit, ne sont que deux mauvais pantins ?

LE PREMIER

Mon dessein n'est pas de calomnier une profession que j'aime et que j'estime ; je parle de celle du comédien. Je serais désolé que mes observations, mal interprétées, attachassent l'ombre du mépris à des hommes d'un talent rare et d'une utilité réelle, aux fléaux du ridicule et du vice, aux prédicateurs les plus éloquents de l'honnêteté et des vertus, à la verge dont l'homme de génie se sert pour châtier les méchants et les fous. Mais tournez les yeux autour de vous, et vous verrez que les personnes d'une gaieté continue n'ont ni de grands défauts, ni de grandes qualités ; que communément les plaisants de profession sont des hommes frivoles, sans aucun principe solide ; et que ceux qui, semblables à certains personnages qui circulent dans nos sociétés, n'ont aucun caractère, excellent à les jouer tous.

Un comédien n'a-t-il pas un père, une mère, une femme, des enfants, des frères, des sœurs, des connaissances, des amis, une maîtresse ? S'il était doué de cette exquise sensibilité, qu'on regarde comme la qualité principale de son état, poursuivi comme nous et atteint d'une infinité de peines qui se succèdent, et qui tantôt flétrissent nos âmes, et tantôt les déchirent, combien lui resterait-il de jours à donner à notre amusement ? Très peu. Le gentilhomme de la chambre [1] interposerait vainement sa souveraineté, le comédien serait souvent dans le cas de lui répondre : « Monseigneur, je ne saurais rire aujourd'hui, ou c'est d'autre chose que des soucis d'Agamemnon que je veux pleurer. » Cependant on ne s'aperçoit pas que les chagrins de la vie, aussi fréquents pour eux que pour nous, et beaucoup plus contraires au libre exercice de leurs fonctions, les suspendent souvent.

Dans le monde, lorsqu'ils ne sont pas bouffons, je les trouve polis, caustiques et froids, fastueux, dissipés, dissipateurs, intéressés, plus frappés de nos ridicules que touchés de nos maux ; d'un esprit assez rassis au spectacle d'un événement fâcheux, ou au récit d'une aventure pathétique ; isolés, vagabonds, à l'ordre des grands ; peu de mœurs, point d'amis, presque aucune de ces liaisons saintes et douces qui nous associent aux peines et aux plaisirs d'un autre qui partage les nôtres. J'ai souvent vu rire un comédien hors de la scène, je n'ai pas mémoire d'en avoir jamais vu pleurer un. Cette sensibilité qu'ils s'arrogent et qu'on leur alloue, qu'en font-ils donc ? La laissent-ils sur les planches, quand ils en descendent, pour la reprendre quand ils y remontent ?

Qu'est-ce qui leur chausse le socque ou le cothurne ? Le défaut d'éducation, la misère et le libertinage. Le théâtre est une ressource, jamais un choix. Jamais on ne se fit comédien par goût pour la vertu, par le désir d'être utile dans la société et de servir son pays ou sa famille, par aucun des motifs honnêtes qui pourraient entraîner un esprit droit, un cœur chaud, une âme sensible vers une aussi belle profession.

Moi-même, jeune, je balançai entre la Sorbonne et la Comédie. J'allais, en hiver, par la saison la plus rigoureuse, réciter à haute voix des rôles de Molière et de Corneille dans les allées solitaires du Luxembourg. Quel était mon projet ? d'être applaudi ? Peut-être. De vivre familièrement avec les femmes de théâtre que je trouvais infiniment aimables et que je savais très faciles ? Assurément. Je ne sais ce que je n'aurais pas fait pour plaire à la Gaussin, qui débutait alors et qui était la beauté personnifiée ; à la Dangeville [1], qui avait tant d'attraits sur la scène.

On a dit que les comédiens n'avaient aucun caractère, parce qu'en les jouant tous ils perdaient celui que la nature leur avait donné, qu'ils devenaient faux, comme le médecin, le chirurgien et le boucher deviennent durs. Je crois qu'on a pris la cause pour l'effet, et qu'ils ne sont propres à les jouer tous que parce qu'ils n'en ont point.

LE SECOND

On ne devient point cruel parce qu'on est bourreau ; mais on se fait bourreau, parce qu'on est cruel.

LE PREMIER

J'ai beau examiner ces hommes-là. Je n'y vois rien qui les distingue du reste des citoyens, si ce n'est une vanité qu'on pourrait appeler insolence, une jalousie qui remplit de troubles et de haines leur comité. Entre toutes les associations, il n'y en a peut-être aucune où l'intérêt commun de tous et celui du public soient plus constamment et plus évidemment sacrifiés à de misérables petites prétentions. L'envie est encore pire entre eux qu'entre les auteurs ; c'est beaucoup dire, mais cela est vrai. Un poète pardonne plus aisément à un poète le succès d'une pièce, qu'une actrice ne pardonne à une actrice les applaudissements qui la désignent à quelque illustre ou riche débauché. Vous les voyez grands sur la scène, parce qu'ils ont de l'âme, dites-vous ; moi, je les vois petits et bas dans la société, parce qu'ils n'en ont point : avec les propos et le ton de Camille et du vieil Horace, toujours les mœurs de Frosine et de Sganarelle. Or, pour juger le fond du cœur, faut-il que je m'en rapporte à des discours d'emprunt, que l'on sait rendre merveilleusement, ou à la nature des actes et à la teneur de la vie ?

LE SECOND

Mais jadis Molière, les Quinault, Montménil, mais aujourd'hui Brizard[1] et Caillot[2] qui est également bienvenu chez les grands et chez les petits, à qui vous confieriez sans crainte votre secret et votre bourse, et avec lequel vous croiriez l'honneur de votre femme et l'innocence de votre fille beaucoup plus en sûreté qu'avec tel grand seigneur de la cour ou tel respectable ministre de nos autels...

LE PREMIER

L'éloge n'est pas exagéré : ce qui me fâche, c'est de ne pas entendre citer un plus grand nombre de comédiens qui l'aient mérité ou qui le méritent. Ce qui me fâche, c'est qu'entre ces propriétaires par état, d'une qualité, la source précieuse et féconde de tant d'autres, un comédien galant homme, une actrice honnête femme soient des phénomènes si rares.

Concluons de là qu'il est faux qu'ils en aient le privilège spécial, et que la sensibilité qui les dominerait dans le monde comme sur la scène, s'ils en étaient doués, n'est ni la base de leur caractère ni la raison de leurs succès ; qu'elle ne leur appartient ni plus ni moins qu'à telle ou telle condition de la société, et que si l'on voit si peu de grands comédiens, c'est que les parents ne destinent point leurs enfants au théâtre ; c'est qu'on ne s'y prépare point par une éducation commencée dans la jeunesse ; c'est qu'une troupe de comédiens n'est point, comme elle devrait l'être chez un peuple où l'on attacherait à la fonction de parler aux hommes rassemblés pour être instruits, amusés, corrigés, l'importance, les honneurs, les récompenses qu'elle mérite, une corporation formée, comme toutes les autres communautés, de sujets tirés de toutes les familles de la société et conduits sur la scène comme au service, au palais, à l'église, par choix ou par goût et du consentement de leurs tuteurs naturels.

LE SECOND

L'avilissement des comédiens modernes est, ce me semble, un malheureux héritage que leur ont laissé les comédiens anciens.

LE PREMIER

Je le crois.

LE SECOND

Si le spectacle naissait aujourd'hui qu'on a des idées plus justes des choses, peut-être que... Mais vous ne m'écoutez pas. À quoi rêvez-vous ?

LE PREMIER

Je suis ma première idée, et je pense à l'influence du spectacle sur le bon goût et sur les mœurs, si les comédiens étaient gens de bien et si leur profession était honorée. Où est le poète qui osât proposer à des hommes bien nés de répéter publiquement des discours plats ou grossiers ; à des femmes à peu près sages comme les nôtres, de débiter effrontément devant une multitude d'auditeurs des propos qu'elles rougiraient d'entendre dans le secret de leurs foyers ? Bientôt nos auteurs dramatiques atteindraient à une pureté, une délicatesse, une élégance dont ils sont plus loin encore qu'ils ne le soupçonnent. Or, doutez-vous que l'esprit national ne s'en ressentît?

LE SECOND

On pourrait vous objecter peut-être que les pièces, tant anciennes que modernes, que vos comédiens honnêtes excluraient de leur répertoire, sont précisément celles que nous jouons en société.

LE PREMIER

Et qu'importe que nos citoyens se rabaissent à la condition des plus vils histrions? en serait-il moins utile, en serait-il moins à souhaiter que nos comédiens s'élevassent à la condition des plus honnêtes citoyens?

LE SECOND

La métamorphose n'est pas aisée.

LE PREMIER

Lorsque je donnai *le Père de famille,* le magistrat de la police [1] m'exhorta à suivre ce genre.

LE SECOND

Pourquoi ne le fîtes-vous pas?

LE PREMIER

C'est que n'ayant pas obtenu le succès que je m'en étais promis, et ne me flattant pas de faire beaucoup mieux, je me dégoûtai d'une carrière pour laquelle je ne me crus pas assez de talent.

LE SECOND

Et pourquoi cette pièce qui remplit aujourd'hui la salle de spectateurs avant quatre heures et demie, et que les comédiens affichent toutes les fois qu'ils ont besoin d'un millier d'écus[1], fut-elle si tièdement accueillie dans le commencement?

LE PREMIER

Quelques-uns disaient que nos mœurs étaient trop factices pour s'accommoder d'un genre aussi simple, trop corrompues pour goûter un genre aussi sage.

LE SECOND

Cela n'était pas sans vraisemblance.

LE PREMIER

Mais l'expérience a bien démontré que cela n'était pas vrai, car nous ne sommes pas devenus meilleurs. D'ailleurs le vrai, l'honnête a tant d'ascendant sur nous, que si l'ouvrage d'un poète a ces deux caractères et que l'auteur ait du génie, son succès n'en sera que plus assuré. C'est surtout lorsque tout est faux qu'on aime le vrai, c'est surtout lorsque tout est corrompu que le spectacle est le plus épuré. Le citoyen qui se présente à l'entrée de la Comédie y laisse tous ses vices pour ne les reprendre qu'en sortant. Là il est juste, impartial, bon père, bon ami, ami de la vertu ; et j'ai vu souvent à côté de moi des méchants profondément indignés contre des actions qu'ils n'auraient pas manqué de commettre s'ils s'étaient trouvés dans les mêmes circonstances où le poète avait placé le personnage qu'ils abhorraient. Si je ne réussis pas d'abord, c'est que le genre était étranger aux spectateurs et aux acteurs ; c'est qu'il y avait un préjugé établi et qui subsiste encore contre ce qu'on appelle la comédie larmoyante ; c'est que j'avais une nuée d'ennemis à la cour, à la ville, parmi les magistrats, parmi les gens d'église, parmi les hommes de lettres.

LE SECOND

Et comment aviez-vous encouru tant de haines ?

LE PREMIER

Ma foi, je n'en sais rien, car je n'ai jamais fait de satire ni contre les grands ni contre les petits, et je n'ai croisé personne sur le chemin de la fortune et des honneurs. Il est vrai que j'étais du nombre de ceux qu'on appelle philosophes, qu'on regardait alors comme des citoyens dangereux, et contre lesquels le ministère avait lâché deux ou trois scélérats [1] subalternes, sans vertu, sans lumières, et qui pis est sans talent. Mais laissons cela.

LE SECOND

Sans compter que ces philosophes avaient rendu la tâche des poètes et des littérateurs en général plus difficile. Il ne s'agissait plus, pour s'illustrer, de savoir tourner un madrigal ou un couplet ordurier.

LE PREMIER

Cela se peut. Un jeune dissolu, au lieu de se rendre avec assiduité dans l'atelier du peintre, du sculpteur, de l'artiste qui l'a adopté, a perdu les années les plus précieuses de sa vie, et il est resté à vingt ans sans ressources et sans talent. Que voulez-vous qu'il devienne ? Soldat ou comédien. Le voilà donc enrôlé dans une troupe de campagne. Il rôde jusqu'à ce qu'il puisse se promettre un début dans la capitale. Une malheureuse créature a croupi dans la fange de la débauche ; lasse de l'état le plus abject, celui de basse courtisane, elle apprend par cœur quelques rôles, elle se rend un matin chez la Clairon, comme l'esclave ancien chez l'édile ou le préteur. Celle-ci la prend par la main, lui fait faire une pirouette, la touche de sa baguette, et lui dit : « Va faire rire ou pleurer les badauds. »

Ils sont excommuniés. Ce public qui ne peut s'en passer les méprise. Ce sont des esclaves sans cesse sous la verge d'un autre esclave. Croyez-vous que les marques d'un avilissement aussi continu puissent rester sans effet, et que, sous le fardeau de l'ignominie, une âme soit assez ferme pour se tenir à la hauteur de Corneille ?

Ce despotisme que l'on exerce sur eux, ils l'exercent sur les auteurs, et je ne sais quel est le plus vil ou du comédien insolent ou de l'auteur qui le souffre.

LE SECOND

On veut être joué.

LE PREMIER

A quelque condition que ce soit. Ils sont tous las de leur métier. Donnez votre argent à la porte, et ils se lasseront de votre présence et de vos applaudissements. Suffisamment rentés par les petites loges, ils ont été sur le point de décider ou que l'auteur renoncerait à son honoraire, ou que sa pièce ne serait pas acceptée.

LE SECOND

Mais ce projet n'allait à rien moins qu'à éteindre le genre dramatique.

LE PREMIER

Qu'est-ce que cela leur fait ?

LE SECOND

Je pense qu'il vous reste peu de chose à dire.

LE PREMIER

Vous vous trompez. Il faut que je vous prenne par la main et que je vous introduise chez la Clairon, cette incomparable magicienne.

LE SECOND

Celle-là du moins était fière de son état.

LE PREMIER

Comme le seront toutes celles qui ont excellé. Le théâtre n'est méprisé que par ceux d'entre les acteurs que les sifflets en ont chassés. Il faut que je vous montre la Clairon dans les transports réels de sa colère. Si par hasard elle y conservait son maintien, ses accents, son action théâtrale avec tout son apprêt, avec toute son emphase, ne porteriez-vous pas vos mains sur vos côtés, et pourriez-vous contenir vos éclats ? Que m'apprenez-vous donc alors ? Ne prononcez-vous pas nettement que la sensibilité vraie et la sensibilité jouée sont deux choses fort différentes ? Vous riez de ce que vous auriez admiré au théâtre ? et pourquoi cela, s'il vous plaît ? C'est que la colère réelle de la Clairon ressemble à de la colère simulée, et que vous avez le discernement juste du masque de cette passion et de sa personne. Les images des passions au théâtre n'en sont donc pas les vraies images, ce n'en sont donc que des portraits outrés, que de grandes caricatures assujetties à des règles de convention. Or, interrogez-vous, demandez-vous à vous-même quel artiste se renfermera le plus strictement dans ces règles données ? Quel est le comédien qui saisira le mieux cette bouffissure prescrite, ou de l'homme dominé par son propre caractère, ou de l'homme né sans caractère, ou de l'homme qui s'en dépouille pour se revêtir d'un autre plus grand, plus noble, plus violent, plus élevé ? On est soi de nature ; on est un autre d'imitation ; le cœur qu'on se suppose n'est pas le cœur qu'on a. Qu'est-ce donc que le vrai talent ? Celui de bien connaître les symptômes extérieurs de l'âme d'emprunt, de s'adresser à la sensation de ceux qui nous entendent, qui nous voient, et de les tromper par l'imitation de ces symptômes, par une imitation qui agrandisse tout dans leurs têtes et qui devienne la règle de leur jugement ; car il est impossible d'apprécier autrement ce qui se passe au-dedans de nous. Et que nous importe en effet qu'ils sentent ou qu'ils ne sentent pas, pourvu que nous l'ignorions ?

Celui donc qui connaît le mieux et qui rend le plus parfaitement ces signes extérieurs d'après le modèle idéal le mieux conçu est le plus grand comédien.

LE SECOND

Celui qui laisse le moins à imaginer au grand comédien est le plus grand des poètes.

LE PREMIER

J'allais le dire. Lorsque, par une longue habitude du théâtre, on garde dans la société l'emphase théâtrale et qu'on y promène Brutus, Cinna, Mithridate, Cornélie, Mérope, Pompée, savez-vous ce qu'on fait ? On accouple à une âme petite ou grande, de la mesure précise que Nature l'a donnée, les signes extérieurs d'une âme exagérée et gigantesque qu'on n'a pas ; et de là naît le ridicule.

LE SECOND

La cruelle satire que vous faites là, innocemment ou malignement, des acteurs et des auteurs !

LE PREMIER

Comment cela ?

LE SECOND

Il est, je crois, permis à tout le monde d'avoir une âme forte et grande ; il est, je crois, permis d'avoir le maintien, le propos et l'action de son âme, et je crois que l'image de la véritable grandeur ne peut jamais être ridicule.

LE PREMIER

Que s'ensuit-il de là ?

LE SECOND

Ah, traître ! vous n'osez le dire, et il faudra que j'encoure l'indignation générale pour vous. C'est que la vraie tragédie est encore à trouver, et qu'avec leurs défauts les anciens en étaient peut-être plus voisins que nous.

LE PREMIER

Il est vrai que je suis enchanté d'entendre Philoctète dire si simplement et si fortement à Néoptolème, qui lui rend les flèches d'Hercule qu'il lui avait volées à l'instigation d'Ulysse : « Vois quelle action tu avais commise : sans t'en apercevoir, tu condamnais un malheureux à périr de douleur et de faim. Ton vol est le crime d'un autre, ton repentir est à toi. Non, jamais tu n'aurais pensé à commettre une pareille indignité si tu avais été seul. Conçois donc, mon enfant, combien il importe à ton âge de ne fréquenter que d'honnêtes gens. Voilà ce que tu avais à gagner dans la société d'un scélérat. Et pourquoi t'associer aussi à un homme de ce caractère ? Était-ce là celui que ton père aurait choisi pour son compagnon et pour son ami ? Ce digne père qui ne se laissa jamais approcher que des plus distingués personnages de l'armée, que te dirait-il, s'il te voyait avec un Ulysse ?... » Y a-t-il dans ce discours autre chose que ce que vous adresseriez à mon fils, que ce que je dirais au vôtre ?

LE SECOND

Non.

LE PREMIER

Cependant cela est beau.

LE SECOND

Assurément.

LE PREMIER

Et le ton de ce discours prononcé sur la scène différerait-il du ton dont on le prononcerait dans la société ?

LE SECOND

Je ne le crois pas.

LE PREMIER

Et ce ton dans la société, y serait-il ridicule ?

LE SECOND

Nullement.

LE PREMIER

Plus les actions sont fortes et les propos simples, plus j'admire. Je crains bien que nous n'ayons pris cent ans de suite la rodomontade de Madrid[1] pour l'héroïsme de Rome, et brouillé le ton de la muse tragique avec le langage de la muse épique.

LE SECOND

Notre vers alexandrin est trop nombreux[2] et trop noble pour le dialogue.

LE PREMIER

Et notre vers de dix syllabes est trop futile et trop léger. Quoi qu'il en soit, je désirerais que vous n'allassiez à la représentation de quelqu'une des pièces romaines de Corneille qu'au sortir de la lecture des lettres de Cicéron à Atticus. Combien je trouve nos auteurs dramatiques ampoulés ! Combien leurs déclamations me sont dégoûtantes, lorsque je me rappelle la simplicité et le nerf du discours de Régulus dissuadant le Sénat et le peuple romain de l'échange des captifs ! C'est ainsi qu'il s'exprime dans une ode, poème qui comporte bien plus de chaleur, de verve et d'exagération qu'un monologue tragique ; il dit [1] :

« J'ai vu nos enseignes suspendues dans les temples de Carthage. J'ai vu le soldat romain dépouillé de ses armes qui n'avaient pas été teintes d'une goutte de sang. J'ai vu l'oubli de la liberté, et des citoyens les bras retournés en arrière et liés sur leur dos. J'ai vu les portes des villes toutes ouvertes, et les moissons couvrir les champs que nous avions ravagés. Et vous croyez que, rachetés à prix d'argent, ils reviendront plus courageux ? Vous ajoutez une perte à l'ignominie. La vertu, chassée d'une âme qui s'est avilie, n'y revient plus. N'attendez rien de celui qui a pu mourir, et qui s'est laissé garrotter. Ô Carthage, que tu es grande et fière de notre honte !... »

Tel fut son discours et telle sa conduite. Il se refuse aux embrassements de sa femme et de ses enfants, il s'en croit indigne comme un vil esclave. Il tient ses regards farouches attachés sur la terre, et dédaigne les pleurs de ses amis, jusqu'à ce qu'il ait amené les sénateurs à un avis qu'il était seul capable de donner, et qu'il lui fût permis de retourner à son exil.

LE SECOND

Cela est simple et beau ; mais le moment où le héros se montre, c'est le suivant.

LE PREMIER

Vous avez raison.

LE SECOND

Il n'ignorait pas le supplice qu'un ennemi féroce lui préparait. Cependant il reprend sa sérénité, il se dégage de ses proches qui cherchaient à différer son retour, avec la même liberté dont il se dégageait auparavant de la foule de ses clients pour aller se délasser de la fatigue des affaires dans ses champs de Vénafre ou sa campagne de Tarente.

LE PREMIER

Fort bien. A présent mettez la main sur la conscience, et dites-moi s'il y a dans nos poètes beaucoup d'endroits du ton propre à une vertu aussi haute, aussi familière, et ce que vous paraîtraient dans cette bouche, ou nos tendres jérémiades, ou la plupart de nos fanfaronnades à la Corneille.

Combien de choses que je n'ose confier qu'à vous ! Je serais lapidé dans les rues si l'on me savait coupable de ce blasphème, et il n'y a aucune sorte de martyre dont j'ambitionne le laurier.

S'il arrive un jour qu'un homme de génie ose donner à ses personnages le ton simple de l'héroïsme antique, l'art du comédien sera autrement difficile, car la déclamation cessera d'être une espèce de chant.

Au reste, lorsque j'ai prononcé que la sensibilité était la caractéristique de la bonté de l'âme et de la médiocrité du génie, j'ai fait un aveu qui n'est pas trop ordinaire, car si Nature a pétri une âme sensible, c'est la mienne.

L'homme sensible est trop abandonné à la merci de son diaphragme [1] pour être un grand roi, un grand politique, un grand magistrat, un homme juste, un profond observateur, et conséquemment un sublime imitateur de la nature, à moins qu'il ne puisse s'oublier et se distraire de lui-même, et qu'à l'aide d'une imagination forte il ne sache se créer, et d'une mémoire tenace tenir son attention fixée sur des fantômes qui lui servent de modèles ; mais alors ce n'est plus lui qui agit, c'est l'esprit d'un autre qui le domine.

Je devrais m'arrêter ici ; mais vous me pardonnerez plus aisément une réflexion déplacée qu'omise. C'est une expérience qu'apparemment vous aurez faite quelquefois, lorsque appelé par un débutant ou par une débutante, chez elle, en petit comité, pour prononcer sur son talent, vous lui aurez accordé de l'âme, de la sensibilité, des entrailles, vous l'aurez accablée d'éloges et l'aurez laissée, en vous séparant d'elle, avec l'espoir du plus grand succès. Cependant qu'arrive-t-il ? Elle paraît, elle est sifflée, et vous vous avouez à vous-même que les sifflets ont raison. D'où cela vient-il ? Est-ce qu'elle a perdu son âme, sa sensibilité, ses entrailles, du matin au soir ? Non ; mais à son rez-de-chaussée vous étiez terre à terre avec elle ; vous l'écoutiez sans égard aux conventions, elle était vis-à-vis de vous, il n'y avait entre l'un et l'autre aucun modèle de comparaison ; vous étiez satisfait de sa voix, de son geste, de son expression, de son maintien ; tout était en proportion avec l'auditoire et l'espace ; rien ne demandait de l'exagération. Sur les planches tout a changé : ici il fallait un autre personnage, puisque tout s'était agrandi.

Sur un théâtre particulier, dans un salon où le spectateur est presque de niveau avec l'acteur, le vrai personnage dramatique vous aurait paru énorme, gigantesque, et au sortir de la représentation vous auriez dit à votre ami confidemment : « Elle ne réussira pas, elle est outrée » ; et son succès au théâtre vous aurait étonné. Encore une fois, que ce soit un bien ou un mal, le comédien ne dit rien, ne fait rien dans la société précisément comme sur la scène ; c'est un autre monde.

Mais un fait décisif qui m'a été raconté par un homme vrai, d'un tour d'esprit original et piquant, l'abbé Galiani[1], et qui m'a été ensuite confirmé par un autre homme vrai, d'un tour d'esprit aussi original et piquant, M. le marquis de Caraccioli[2], ambassadeur de Naples à Paris, c'est qu'à Naples, la patrie de l'un et de l'autre, il y a un poète dramatique dont le soin principal n'est pas de composer sa pièce.

LE SECOND

La vôtre, *le Père de famille,* y a singulièrement réussi.

LE PREMIER

On en a donné quatre représentations de suite devant le roi, contre l'étiquette de la cour qui prescrit autant de pièces différentes que de jours de spectacle, et le peuple en fut transporté. Mais le souci du poète napolitain est de trouver dans la société des personnages d'âge, de figure, de voix, de caractère propres à remplir ses rôles. On n'ose le refuser, parce qu'il s'agit de l'amusement du souverain. Il exerce ses acteurs pendant six mois, ensemble et séparément.

Et quand imaginez-vous que la troupe commence à jouer, à s'entendre, à s'acheminer vers le point de perfection qu'il exige ? C'est lorsque les acteurs sont épuisés de la fatigue de ces répétitions multipliées, ce que nous appelons blasés. De cet instant les progrès sont surprenants, chacun s'identifie avec son personnage ; et c'est à la suite de ce pénible exercice que des représentations commencent et se continuent pendant six autres mois de suite, et que le souverain et ses sujets jouissent du plus grand plaisir qu'on puisse recevoir de l'illusion théâtrale. Et cette illusion, aussi forte, aussi parfaite à la dernière représentation qu'à la première, à votre avis, peut-elle être l'effet de la sensibilité ?

Au reste, la question que j'approfondis a été autrefois entamée entre un médiocre littérateur, Rémond de Sainte-Albine, et un grand comédien, Riccoboni. Le littérateur plaidait la cause de la sensibilité, le comédien plaidait la mienne. C'est une anecdote que j'ignorais[1] et que je viens d'apprendre.

J'ai dit, vous m'avez entendu, et je vous demande à présent ce que vous en pensez.

LE SECOND

Je pense que ce petit homme arrogant, décidé, sec et dur, en qui il faudrait reconnaître une dose honnête de mépris, s'il en avait seulement le quart de ce que la nature prodigue lui a accordé de suffisance, aurait été un peu plus réservé dans son jugement si vous aviez eu, vous, la complaisance de lui exposer vos raisons, lui, la patience de vous écouter ; mais le malheur est qu'il sait tout, et qu'à titre d'homme universel il se croit dispensé d'écouter.

LE PREMIER

En revanche, le public le lui rend bien. Connaissez-vous Mme Riccoboni[1] ?

LE SECOND

Qui est-ce qui ne connaît pas l'auteur d'un grand nombre d'ouvrages charmants, pleins de génie, d'honnêteté, de délicatesse et de grâce ?

LE PREMIER

Croyez-vous que cette femme fût sensible ?

LE SECOND

Ce n'est pas seulement par ses ouvrages, mais par sa conduite qu'elle l'a prouvé. Il y a dans sa vie un incident qui a pensé la conduire au tombeau. Au bout de vingt ans ses pleurs ne sont pas encore taris, et la source de ses larmes n'est pas encore épuisée.

LE PREMIER

Eh bien, cette femme, une des plus sensibles que la nature ait formées, a été une des plus mauvaises actrices qui aient jamais paru sur la scène. Personne ne parle mieux de l'art, personne ne joue plus mal.

LE SECOND

J'ajouterai qu'elle en convient, et qu'il ne lui est jamais arrivé d'accuser les sifflets d'injustice.

LE PREMIER

Et pourquoi, avec la sensibilité exquise, la qualité principale, selon vous, du comédien, la Riccoboni était-elle si mauvaise ?

LE SECOND

C'est qu'apparemment les autres lui manquaient à un point tel que la première n'en pouvait compenser le défaut.

LE PREMIER

Mais elle n'est point mal de figure ; elle a de l'esprit ; elle a le maintien décent ; sa voix n'a rien de choquant. Toutes les bonnes qualités qu'on tient de l'éducation, elle les possédait. Elle ne présentait rien de choquant en société. On la voit sans peine, on l'écoute avec le plus grand plaisir.

LE SECOND

Je n'y entends rien ; tout ce que je sais, c'est que jamais le public n'a pu se réconcilier avec elle, et qu'elle a été vingt ans de suite la victime de sa profession.

LE PREMIER

Et de sa sensibilité, au-dessus de laquelle elle n'a jamais pu s'élever ; et c'est parce qu'elle est constamment restée elle, que le public l'a constamment dédaignée.

LE SECOND

Et vous, ne connaissez-vous pas Caillot ?

LE PREMIER

Beaucoup.

LE SECOND

Avez-vous quelquefois causé là-dessus ?

LE PREMIER

Non.

LE SECOND

À votre place, je serais curieux de savoir son avis.

LE PREMIER

Je le sais.

LE SECOND

Quel est-il?

LE PREMIER

Le vôtre et celui de votre ami.

LE SECOND

Voilà une terrible autorité contre vous.

LE PREMIER

J'en conviens.

LE SECOND

Et comment avez-vous appris le sentiment de Caillot?

LE PREMIER

Par une femme pleine d'esprit et de finesse, la princesse de Galitzin[1]. Caillot avait joué le Déserteur, il était encore sur le lieu où il venait d'éprouver et elle de partager, à côté de lui, toutes les transes d'un malheureux prêt à perdre sa maîtresse et la vie. Caillot s'approche de sa loge et lui adresse, avec ce visage riant que vous lui connaissez, des propos gais,

honnêtes et polis. La princesse, étonnée, lui dit :
« Comment ! vous n'êtes pas mort ! Moi, qui n'ai été
que spectatrice de vos angoisses, je n'en suis pas
encore revenue. — Non, madame, je ne suis pas
mort. Je serais trop à plaindre si je mourais si
souvent. — Vous ne sentez donc rien ? — Pardonnez-
moi... » Et puis les voilà engagés dans une discussion
qui finit entre eux comme celle-ci finira entre nous :
je resterai dans mon opinion, et vous dans la vôtre.
La princesse ne se rappelait point les raisons de
Caillot, mais elle avait observé que ce grand imitateur de la nature, au moment de son agonie, lorsqu'on allait l'entraîner au supplice, s'apercevant que
la chaise où il aurait à déposer Louise évanouie était
mal placée, la rarrangeait en chantant d'une voix
moribonde : « Mais Louise ne vient pas, et mon
heure s'approche... » Mais vous êtes distrait ; à quoi
pensez-vous ?

LE SECOND

Je pense à vous proposer un accommodement : de
réserver à la sensibilité naturelle de l'acteur ces
moments rares où sa tête se perd, où il ne voit plus le
spectateur, où il a oublié qu'il est sur un théâtre, où il
s'est oublié lui-même, où il est dans Argos, dans
Mycènes, où il est le personnage même qu'il joue ; il
pleure.

LE PREMIER

En mesure ?

LE SECOND

En mesure. Il crie.

LE PREMIER

Juste ?

LE SECOND

Juste. S'irrite, s'indigne, se désespère, présente à mes yeux l'image réelle, porte à mon oreille et à mon cœur l'accent vrai de la passion qui l'agite, au point qu'il m'entraîne, que je m'ignore moi-même, que ce n'est plus ni Brizard, ni Le Kain, mais Agamemnon que je vois, mais Néron que j'entends... etc., d'abandonner à l'art tous les autres instants... Je pense que peut-être alors il en est de la nature comme de l'esclave qui apprend à se mouvoir librement sous la chaîne : l'habitude de la porter lui en dérobe le poids et la contrainte.

LE PREMIER

Un acteur sensible aura peut-être dans son rôle un ou deux de ces moments d'aliénation qui dissoneront avec le reste d'autant plus fortement qu'ils seront plus beaux. Mais dites-moi, le spectacle alors ne cesse-t-il pas d'être un plaisir et ne devient-il pas un supplice pour vous ?

LE SECOND

Oh ! non.

LE PREMIER

Et ce pathétique de fiction ne l'emporte-t-il pas sur le spectacle domestique et réel d'une famille éplorée autour de la couche funèbre d'un père chéri ou d'une mère adorée ?

LE SECOND

Oh ! non.

LE PREMIER

Vous ne vous êtes donc pas, ni le comédien, ni vous, si parfaitement oubliés...

LE SECOND

Vous m'avez déjà fort embarrassé, et je ne doute pas que vous ne puissiez m'embarrasser encore ; mais je vous ébranlerais, je crois, si vous me permettiez de m'associer un second. Il est quatre heures et demie ; on donne *Didon* ; allons voir Mlle Raucourt[1] ; elle vous répondra mieux que moi.

LE PREMIER

Je le souhaite, mais je ne l'espère pas. Pensez-vous qu'elle fasse ce que ni la Le Couvreur[2], ni la Duclos, ni la de Seine[3], ni la Balincourt[4], ni la Clairon, ni la Dumesnil n'ont pu faire ? J'ose vous assurer que, si notre jeune débutante est encore loin de la perfection, c'est qu'elle est trop novice pour ne point sentir, et je vous prédis que, si elle continue de sentir, de rester elle et de préférer l'instinct borné de la nature à l'étude illimitée de l'art, elle ne s'élèvera jamais à la hauteur des actrices que je vous ai nommées. Elle aura de beaux moments, mais elle ne sera pas belle. Il en sera d'elle comme de la Gaussin et de plusieurs autres qui n'ont été toute leur vie maniérées, faibles et monotones, que parce qu'elles n'ont jamais pu sortir de l'enceinte étroite où leur sensibilité naturelle les renfermait. Votre dessein est-il toujours de m'opposer Mlle Raucourt ?

LE SECOND

Assurément.

LE PREMIER

Chemin faisant, je vous raconterai un fait qui revient assez au sujet de notre entretien. Je connaissais Pigalle[1] ; j'avais mes entrées chez lui. J'y vais un matin, je frappe ; l'artiste m'ouvre, son ébauchoir à la main ; et, m'arrêtant sur le seuil de son atelier : « Avant que de vous laisser passer, me dit-il, jurez-moi que vous n'aurez pas de peur d'une belle femme toute nue… » Je souris… j'entrai. Il travaillait alors à son monument du maréchal de Saxe, et une très belle courtisane lui servait de modèle pour la figure de la France. Mais comment croyez-vous qu'elle me parut entre les figures colossales qui l'environnaient ? pauvre, petite, mesquine, une espèce de grenouille ; elle en était écrasée ; et j'aurais pris, sur la parole de l'artiste, cette grenouille pour une belle femme, si je n'avais pas attendu la fin de la séance et si je ne l'avais pas vue terre à terre et le dos tourné à ces figures gigantesques qui la réduisaient à rien. Je vous laisse le soin d'appliquer ce phénomène singulier à la Gaussin, à la Riccoboni et à toutes celles qui n'ont pu s'agrandir sur la scène.

Si, par impossible, une actrice avait reçu la sensibilité à un degré comparable à celle que l'art porté à l'extrême peut simuler, le théâtre propose tant de caractères divers à imiter, et un seul rôle principal amène tant de situations opposées, que cette rare pleureuse, incapable de bien jouer deux rôles différents, excellerait à peine dans quelques endroits du même rôle ; ce serait la comédienne la plus inégale, la plus bornée et la plus inepte qu'on pût imaginer. S'il lui arrivait de tenter un élan, sa sensibilité prédominante ne tarderait pas à la ramener à la médiocrité. Elle ressemblerait moins à un vigoureux coursier qui galope qu'à une faible haquenée qui prend le mors aux dents. Son instant d'énergie, passager, brusque, sans gradation, sans préparation, sans unité, vous paraîtrait un accès de folie.

La sensibilité étant, en effet, compagne de la douleur et de la faiblesse, dites-moi si une créature douce, faible et sensible est bien propre à concevoir et à rendre le sang-froid de Léontine [1], les transports jaloux d'Hermione, les fureurs de Camille, la tendresse maternelle de Mérope, le délire et les remords de Phèdre, l'orgueil tyrannique d'Agrippine, la violence de Clytemnestre ? Abandonnez votre éternelle pleureuse à quelques-uns de nos rôles élégiaques, et ne l'en tirez pas.

C'est qu'être sensible est une chose, et sentir est une autre. L'une est une affaire d'âme, l'autre une affaire de jugement. C'est qu'on sent avec force et qu'on ne saurait rendre ; c'est qu'on rend, seul, en société, au coin d'un foyer, en lisant, en jouant, pour quelques auditeurs, et qu'on ne rend rien qui vaille au théâtre ; c'est qu'au théâtre, avec ce qu'on appelle de la sensibilité, de l'âme, des entrailles, on rend bien une ou deux tirades et qu'on manque le reste ; c'est qu'embrasser toute l'étendue d'un grand rôle, y ménager les clairs et les obscurs, les doux et les faibles, se montrer égal dans les endroits tranquilles et dans les endroits agités, être varié dans les détails, harmonieux et un dans l'ensemble, et se former un système soutenu de déclamation qui aille jusqu'à

sauver les boutades du poète, c'est l'ouvrage d'une
tête froide, d'un profond jugement, d'un goût exquis,
d'une étude pénible, d'une longue expérience et
d'une ténacité de mémoire peu commune ; c'est que
la règle *qualis ab incepto processerit et sibi constet*[1],
très rigoureuse pour le poète, l'est jusqu'à la minutie
pour le comédien ; c'est que celui qui sort de la
coulisse sans avoir son jeu présent et son rôle noté
éprouvera toute sa vie le rôle d'un débutant, ou que
si, doué d'intrépidité, de suffisance et de verve, il
compte sur la prestesse de sa tête et l'habitude du
métier, cet homme vous en imposera par sa chaleur
et son ivresse, et que vous applaudirez à son jeu
comme un connaisseur en peinture sourit à une
esquisse libertine où tout est indiqué et rien n'est
décidé. C'est un de ces prodiges qu'on a vu quelquefois à la foire ou chez Nicolet[2]. Peut-être ces fous-là
font-ils bien de rester ce qu'ils sont, des comédiens
ébauchés. Plus de travail ne leur donnerait pas ce qui
leur manque et pourrait leur ôter ce qu'ils ont.
Prenez-les pour ce qu'ils valent, mais ne les mettez
pas à côté d'un tableau fini.

LE SECOND

Il ne me reste plus qu'une question à vous faire.

LE PREMIER

Faites.

LE SECOND

Avez-vous vu jamais une pièce entière parfaitement jouée ?

LE PREMIER

Ma foi, je ne m'en souviens pas... Mais attendez... Oui, quelquefois une pièce médiocre, par des acteurs médiocres.

Nos deux interlocuteurs allèrent au spectacle, mais n'y trouvant plus de place ils se rabattirent aux Tuileries. Ils se promenèrent quelque temps en silence. Ils semblaient avoir oublié qu'ils étaient ensemble, et chacun s'entretenait avec lui-même comme s'il eût été seul, l'un à haute voix, l'autre à voix si basse qu'on ne l'entendait pas, laissant seulement échapper par intervalles des mots isolés, mais distincts, desquels il était facile de conjecturer qu'il ne se tenait pas pour battu.

Les idées de l'homme au paradoxe sont les seules dont je puisse rendre compte, et les voici aussi décousues qu'elles doivent le paraître lorsqu'on supprime d'un soliloque les intermédiaires qui servent de liaison. Il disait :

Qu'on mette à sa place un acteur sensible, et nous verrons comment il s'en tirera. Lui, que fait-il ? Il pose son pied sur la balustrade, rattache sa jarretière, et répond au courtisan qu'il méprise, la tête tournée sur une de ses épaules ; et c'est ainsi qu'un incident qui aurait déconcerté tout autre que ce froid et sublime comédien, subitement adapté à la circonstance, devient un trait de génie.

(Il parlait, je crois, de Baron dans la tragédie du *Comte d'Essex*. Il ajoutait en souriant :)

Eh oui, il croira que celle-là sent, lorsque renversée sur le sein de sa confidente et presque moribonde, les yeux tournés vers les troisièmes loges, elle y aperçoit un vieux procureur qui fondait en larmes et dont la douleur grimaçait d'une manière tout à fait burlesque, et dit : « Regarde donc un peu là-haut la bonne figure que voilà… » murmurant dans sa gorge ces paroles comme si elles eussent été la suite d'une plainte inarticulée… À d'autres ! à d'autres ! Si je me rappelle bien ce fait, il est de la Gaussin, dans *Zaïre*.

Et ce troisième dont la fin a été si tragique, je l'ai connu, j'ai connu son père, qui m'invitait aussi quelquefois à dire mon mot dans son cornet.

(Il n'y a pas de doute qu'il ne soit ici question du sage Montménil.)

C'était la candeur et l'honnêteté même. Qu'y avait-il de commun entre son caractère naturel et celui de Tartuffe qu'il jouait supérieurement ? Rien. Où avait-il pris ce torticolis, ce roulement d'yeux si singulier, ce ton radouci et toutes les autres finesses du rôle de l'hypocrite ? Prenez garde à ce que vous allez répondre. Je vous tiens. — Dans une imitation profonde de la nature. — Dans une imitation profonde de la nature ? Et vous verrez que les symptômes extérieurs qui désignent le plus fortement la sensibilité de l'âme ne sont pas autant dans la nature que les symptômes extérieurs de l'hypocrisie ; qu'on ne saurait les y étudier, et qu'un acteur à grand talent trouvera plus de difficultés à saisir et à imiter les uns que les autres ! Et si je soutenais que de toutes les qualités de l'âme la sensibilité est la plus facile à contrefaire, n'y ayant peut-être pas un seul homme assez cruel, assez inhumain pour que le germe n'en existât pas dans son cœur, pour ne l'avoir jamais éprouvée ; ce qu'on ne saurait assurer de toutes les autres passions, telles que l'avarice, la méfiance ? Est-ce qu'un excellent instrument?... — Je vous entends ; il y aura toujours, entre celui qui contrefait la sensibilité et celui qui sent, la différence de l'imitation à la chose. — Et tant mieux, tant mieux, vous dis-je. Dans le premier cas, le comédien n'aura pas à se séparer de lui-même, il se portera tout à coup et de plein saut à la hauteur du modèle idéal. — Tout à coup et de plein saut ! — Vous me chicanez sur une expression. Je veux dire que, n'étant jamais ramené au petit modèle qui est en lui, il sera aussi grand, aussi étonnant, aussi parfait imitateur de la sensibilité que de l'avarice, de l'hypocrisie, de la duplicité et de tout autre caractère qui ne sera pas le sien, de toute autre passion qu'il n'aura pas. La chose que le personnage naturellement sensible me montrera sera petite ; l'imitation de l'autre sera forte ; ou s'il arrivait que leurs copies fussent également fortes, ce que je ne vous accorde pas, mais pas du tout, l'un, parfaitement maître de lui-même et jouant tout à fait d'étude et de jugement, serait tel que l'expérience journalière le montre, plus un que celui qui jouera moitié de nature, moitié d'étude, moitié d'après un modèle, moitié d'après lui-même. Avec quelque habileté que ces deux imitations soient fondues ensemble, un spectateur délicat les discernera plus facilement encore qu'un profond artiste ne démêlera dans une statue la ligne qui séparerait ou deux styles différents, ou le devant exécuté d'après un modèle, et le dos d'après un autre. — Qu'un acteur consommé cesse de jouer de tête, qu'il s'oublie ; que son cœur s'embarrasse ; que la sensibilité le gagne, qu'il s'y livre. Il nous enivrera. — Peut-être. — Il nous transportera d'admiration. — Cela n'est pas impossi-

ble ; mais c'est à condition qu'il ne sortira pas de son
système de déclamation et que l'unité ne disparaîtra
point, sans quoi vous prononcerez qu'il est devenu
fou... Oui, dans cette supposition vous aurez un bon
moment, j'en conviens ; mais préférez-vous un beau
moment à un beau rôle ? Si c'est votre choix, ce n'est
pas le mien.

Ici l'homme au paradoxe se tut. Il se promenait à
grands pas sans regarder où il allait ; il eût heurté de
droite et de gauche ceux qui venaient à sa rencontre
s'ils n'eussent évité le choc. Puis, s'arrêtant tout à
coup, et saisissant son antagoniste fortement par le
bras, il lui dit d'un ton dogmatique et tranquille :
Mon ami, il y a trois modèles, l'homme de la nature,
l'homme du poète, l'homme de l'acteur. Celui de la
nature est moins grand que celui du poète, et celui-ci
moins grand encore que celui du grand comédien, le
plus exagéré de tous. Ce dernier monte sur les
épaules du précédent, et se renferme dans un grand
mannequin d'osier dont il est l'âme ; il meut ce
mannequin d'une manière effrayante, même pour le
poète qui ne se reconnaît plus, et il nous épouvante,
comme vous l'avez fort bien dit, ainsi que les enfants
s'épouvantent les uns les autres en tenant leurs petits
pourpoints courts élevés au-dessus de leur tête, en
s'agitant, et en imitant de leur mieux la voix rauque
et lugubre d'un fantôme qu'ils contrefont. Mais, par
hasard, n'auriez-vous pas vu des jeux d'enfants qu'on
a gravés ? N'y auriez-vous pas vu un marmot qui
s'avance sous un masque hideux de vieillard qui le
cache de la tête aux pieds ? Sous ce masque, il rit de
ses petits camarades que la terreur met en fuite. Ce
marmot est le vrai symbole de l'acteur ; ses cama-

rades sont les symboles du spectateur. Si le comédien n'est doué que d'une sensibilité médiocre, et que ce soit là tout son mérite, ne le tiendrez-vous pas pour un homme médiocre ? Prenez-y garde, c'est encore un piège que je vous tends. — Et s'il est doué d'une extrême sensibilité, qu'en arrivera-t-il ? — Ce qu'il en arrivera ? C'est qu'il ne jouera pas du tout, ou qu'il jouera ridiculement. Oui, ridiculement, et la preuve, vous la verrez en moi quand il vous plaira. Que j'aie un récit un peu pathétique à faire, il s'élève je ne sais quel trouble dans mon cœur, dans ma tête ; ma langue s'embarrasse ; ma voix s'altère ; mes idées se décomposent ; mon discours se suspend ; je balbutie, je m'en aperçois ; les larmes coulent de mes joues, et je me tais. — Mais cela vous réussit. — En société ; au théâtre, je serais hué. — Pourquoi ? — Parce qu'on ne vient pas pour voir des pleurs, mais pour entendre des discours qui en arrachent, parce que cette vérité de nature dissone avec la vérité de convention. Je m'explique : je veux dire que, ni le système dramatique, ni l'action, ni les discours du poète, ne s'arrangeraient point de ma déclamation étouffée, interrompue, sanglotée. Vous voyez qu'il n'est pas même permis d'imiter la nature, même la belle nature, la vérité de trop près, et qu'il est des limites dans lesquelles il faut se renfermer. — Et ces limites, qui les a posées ? — Le bon sens, qui ne veut pas qu'un talent nuise à un autre talent. Il faut quelquefois que l'acteur se sacrifie au poète. — Mais si la composition du poète s'y prêtait ? — Eh bien ! vous auriez une autre sorte de tragédie tout à fait différente de la vôtre. — Et quel inconvénient à cela ? — Je ne sais pas trop ce que vous y gagneriez ; mais je sais très bien ce que vous y perdriez.

Ici l'homme paradoxal s'approcha pour la seconde ou la troisième fois de son antagoniste, et lui dit :

Le mot est de mauvais goût, mais il est plaisant, mais il est d'une actrice sur le talent de laquelle il n'y a pas deux sentiments. C'est le pendant de la situation et du propos de la Gaussin ; elle est aussi renversée entre les bras de Pillot-Pollux ; elle se meurt, du moins je le crois, et elle lui bégaye tout bas : *Ah ! Pillot, que tu pues !*

Ce trait est d'Arnould faisant Télaïre. Et dans ce moment, Arnould[1] est vraiment Télaïre ? Non, elle est Arnould, toujours Arnould. Vous ne m'amènerez jamais à louer les degrés intermédiaires d'une qualité qui gâterait tout, si, poussée à l'extrême, le comédien en était dominé. Mais je suppose que le poète eût écrit la scène pour être déclamée au théâtre comme je la réciterais en société ; qui est-ce qui jouerait cette scène ? Personne, non, personne, pas même l'acteur le plus maître de son action ; s'il s'en tirait bien une fois, il la manquerait mille. Le succès tient alors à si peu de chose !… Ce dernier raisonnement vous paraît peu solide ? Eh bien, soit ; mais je n'en conclurai pas moins de piquer un peu nos ampoules, de rabaisser de quelques crans nos échasses, et de laisser les choses à peu près comme elles sont. Pour un poète de génie qui atteindrait à cette prodigieuse vérité de Nature, il s'élèverait une nuée d'insipides et plats imitateurs. Il n'est pas permis, sous peine d'être insipide, maussade, détestable, de descendre d'une ligne au-dessous de la simplicité de Nature. Ne le pensez-vous pas ?

LE SECOND

Je ne pense rien. Je ne vous ai pas entendu.

LE PREMIER

Quoi ! nous n'avons pas continué de disputer ?

LE SECOND

Non.

LE PREMIER

Et que diable faisiez-vous donc ?

LE SECOND

Je rêvais.

LE PREMIER

Et que rêviez-vous ?

LE SECOND

Qu'un acteur anglais appelé, je crois, Macklin (j'étais ce jour-là au spectacle), ayant à s'excuser auprès du parterre de la témérité de jouer après Garrick je ne sais quel rôle dans le *Macbeth* de Shakespeare, disait, entre autres choses, que les impressions qui subjuguaient le comédien et le soumettaient au génie et à l'inspiration du poète lui étaient très nuisibles ; je ne sais plus les raisons qu'il en donnait, mais elles étaient très fines, et elles furent senties et applaudies. Au reste, si vous en êtes curieux, vous les trouverez dans une lettre insérée dans le *Saint James Chronicle*[1], sous le nom de Quinctilien.

LE PREMIER

Mais j'ai donc causé longtemps tout seul ?

LE SECOND

Cela se peut ; aussi longtemps que j'ai rêvé tout seul. Vous savez qu'anciennement des acteurs faisaient des rôles de femmes ?

LE PREMIER

Je le sais.

LE SECOND

Aulu-Gelle raconte, dans ses *Nuits attiques,* qu'un certain Paulus[2], couvert des habits lugubres d'Électre, au lieu de se présenter sur la scène avec l'urne d'Oreste, parut en embrassant l'urne qui renfermait les cendres de son propre fils qu'il venait de perdre, et qu'alors ce ne fut point une vaine représentation, une petite douleur de spectacle, mais que la salle retentit de cris et de vrais gémissements.

LE PREMIER

Et vous croyez que Paulus dans ce moment parla sur la scène comme il aurait parlé dans ses foyers ? Non, non. Ce prodigieux effet, dont je ne doute pas, ne tint ni aux vers d'Euripide, ni à la déclamation de l'acteur, mais bien à la vue d'un père désolé qui baignait de ses pleurs l'urne de son propre fils. Ce Paulus n'était peut-être qu'un médiocre comédien ; non plus que cet Æsopus[3] dont Plutarque rapporte que « jouant un jour en plein théâtre le rôle d'Atréus délibérant en lui-même comment il se pourra venger de son frère Thyestès, il y eut d'aventure quelqu'un de ses serviteurs qui voulut soudain passer en courant devant lui, et que lui, Æsopus, étant hors de lui-même pour l'affection véhémente et pour l'ardeur qu'il avait de représenter au vif la passion furieuse du roi Atréus, lui donna sur la tête un tel coup du sceptre qu'il tenait en sa main, qu'il le tua sur la place… » C'était un fou que le tribun devait envoyer sur-le-champ au mont Tarpéien [1].

LE SECOND

Comme il fit apparemment.

LE PREMIER

J'en doute. Les Romains faisaient tant de cas de la vie d'un grand comédien, et si peu de la vie d'un esclave !

Mais, dit-on, un orateur en vaut mieux quand il s'échauffe, quand il est en colère. Je le nie. C'est quand il imite la colère. Les comédiens font impression sur le public, non lorsqu'ils sont furieux, mais lorsqu'ils jouent bien la fureur. Dans les tribunaux, dans les assemblées, dans tous les lieux où l'on veut se rendre maître des esprits, on feint tantôt la colère, tantôt la crainte, tantôt la pitié, pour amener les autres à ces sentiments divers. Ce que la passion elle-même n'a pu faire, la passion bien imitée l'exécute.

Ne dit-on pas dans le monde qu'un homme est un grand comédien ? On n'entend pas par là qu'il sent, mais au contraire qu'il excelle à simuler, bien qu'il ne sente rien : rôle bien plus difficile que celui de l'acteur, car cet homme a de plus à trouver le discours et deux fonctions à faire, celle du poète et du comédien. Le poète sur la scène peut être plus habile que le comédien dans le monde, mais croit-on que sur la scène l'acteur soit plus profond, soit plus habile à feindre la joie, la tristesse, la sensibilité, l'admiration, la haine, la tendresse, qu'un vieux courtisan?

Mais il se fait tard. Allons souper.

Lettre à
Madame Riccoboni

De Mme Riccoboni

18 novembre 1758

J'entre dans ce cabinet où vous vous interrogez, et j'ajoute aux questions que vous vous faites, celle-ci : Monsieur Diderot, pourquoi ne m'avez-vous pas montré votre manuscrit ? M'avez-vous crue capable de tirer vanité de votre confiance ? Pensez-vous que j'eusse crié partout : « On m'a consultée, j'ai dit mon avis » ? De toutes les raisons qui vous ont fait manquer à votre engagement, la plus flatteuse que je puisse me donner, c'est que vous m'avez prise pour une bête attachée machinalement à l'espèce de comédie qu'elle donnait et hors d'état de goûter un autre genre. Si vous avez la complaisance de vous absoudre de cette faute, soyez sûr que je ne vous la pardonne pas, moi.

J'ai lu avec attention le Père de famille. Je vous remercie de me l'avoir donné, sans oublier que vous ne me l'avez pas montré. Pour vous punir de cette défiance, dont je suis vivement choquée, je ne vous ferai point de compliments. Cela vous pique un peu ?

Tant mieux, c'est ce que je veux. Ô homme, tu as de l'orgueil ! Je ne veux pas l'augmenter par mes louanges. Germeuil[1] n'eût pas fait cela. Il est aimable, Germeuil ; s'il avait fait une pièce et qu'il m'eût promis de me la montrer, il aurait tenu sa parole ; mais vous, vous êtes sans parole, Siphax[2]. Mais je veux justifier les comédiens sur quelques points où vous leur attribuez des défauts qu'ils n'ont pas.

Les Anciens faisaient ordinairement passer l'action dans une salle publique. De là vient que les Espagnols, et après eux les Italiens, ont conservé l'usage d'une place avec des portes de maisons où sont logés les principaux personnages. Ils ont ajouté une chambre parce qu'ils ont négligé l'unité du lieu ; négligence qui produit de grands avantages. Les Français, ayant du monde sur leur théâtre[3], ne peuvent décorer que le fond. Cela posé, si vous voulez une chambre dans le goût de celles qu'on habite, la cheminée sera dans le milieu. Ainsi, dans un éloignement considérable, les acteurs que vous placerez à cette distance n'auront point de mouvements qui puissent être aperçus. Le théâtre est un tableau, d'accord ; mais c'est un tableau mouvant dont on n'a pas le temps d'examiner les détails. Je dois présenter un objet facile à discerner et changer aussitôt. La position des acteurs, toujours debout, toujours tournés vers le parterre, vous paraît gauche, mais ce gauche est nécessaire pour deux raisons. La première, c'est que l'acteur qui tourne assez la tête pour voir dans la seconde coulisse, n'est entendu que du quart des spectateurs. La seconde, c'est que dans une scène intéressante, le visage ajoute à l'expression ; qu'il est des occasions où un regard, un mouvement de tête peu marqué fait beaucoup ; où un

souris fait sentir qu'on se moque de celui qu'on
écoute, ou qu'on trompe celui auquel on parle ; que les
yeux levés ou baissés marquent mille choses ; et qu'à
trois pieds des lampes un acteur n'a plus de visage.

Les Anciens étaient masqués, ils faisaient des mouvements de corps pour exprimer, et nous avons peu
d'idée de ce que pouvait être leur jeu. D'ailleurs, leur
genre serait ridicule à nos yeux. Vous mettez des repos
dans votre façon d'enseigner à rendre vos scènes. Ces
repos s'appellent des temps parmi nous. Rien ne doit
être plus ménagé dans une pièce. Un temps déplacé est
une masse de glace jetée sur le spectateur.

On lève la toile, on voit le père de famille rêvant
profondément, Cécile et le commandeur[1] au jeu,
Germeuil dans un fauteuil, un livre à la main. Savez-
vous le temps qu'il faut à Germeuil pour marquer qu'il
lit, regarde Cécile, relit, et la regarde encore ? Quelque
marquée que soit son action, elle ne s'exprimera
jamais assez pour des gens qui ignorent qu'il aime
Cécile, et craint les yeux du commandeur ; mais
croyez-vous qu'on prendra garde à ceux qui sont
occupés dans le fond ? Non, c'est l'homme triste qui se
promène sur le devant, qui intéressera la curiosité.
Voilà l'objet du public, le frappant du tableau ; et s'il
ne parle pas, cet homme, et bien vite, le froid se
répand, l'intérêt cesse et le spectateur s'impatiente.
Alors il faut des coups de tonnerre pour le ramener, et
ne croyez pas qu'il se rejette sur ceux qui sont assis : il
les oubliera, parce qu'il ne les connaît pas.

Mais je ne veux pas parler de votre pièce, de peur
qu'il ne m'échappe d'applaudir à la diction ou aux
sentiments. Je ne veux vous dire que des injures pour
vous apprendre à traiter votre amie comme une

femme, comme une sotte femme. Vous avez bien de l'esprit, bien des connaissances; mais vous ne savez pas les petits détails d'un art qui comme tous les autres a sa main-d'œuvre. Il ne faut pas croire que ce soit par ignorance que les acteurs jouent comme ils le font; c'est parce que la salle où ils représentent exige cette façon de jouer, et qu'en voulant faire mieux ils feraient plus mal. À l'égard des scènes assises, comme elles ont moins de mouvement, elles sont plus froides, et c'est pour cela qu'on les évite. Ce n'est pas toutes les actions naturelles qu'il faut représenter; mais celles qui font une critique ou une leçon. La nature est belle, mais il faut la montrer par les côtés qui peuvent la rendre utile et agréable. Il est des défauts qu'on ne peut ôter, et un naturel qui révolte au lieu de toucher. La Pallas de ce fameux peintre, vue de trop près, avait les yeux louches, la bouche de travers, le nez monstrueux; élevée, elle parut Minerve elle-même. La scène ne peut jamais devenir aussi simple que la chambre; et pour être vrai au théâtre, il faut passer un peu le naturel.

Adieu, je suis fâchée, tout à fait fâchée contre vous.

A Mme Riccoboni

[27 novembre 1758]

J'ai tort, j'ai tort, mais je suis paresseux et j'ai redouté vos conseils. Faut-il se jeter à vos genoux et vous demander pardon ? M'y voilà, et je vous demande pardon.

Ô homme, tu as de l'orgueil ! — Oui, j'en ai, et qui est-ce qui en manque ? Vous, femmes, vous n'en avez point ?

Et je ne veux pas l'augmenter par mes louanges. — Le tour est adroit quand on ne veut ni flatter aux dépens de la vérité, ni dire une vérité qui mortifierait. Il est sûr qu'il n'y a point d'éloge dont je fusse aussi vain que celui que vous me refusez. Vous ne savez point pourquoi, et vous ne le saurez point... Ô Fanny[1] ; mais hâtons-nous de parler d'autre chose ; encore un mot et vous sauriez tout.

Il est impossible, madame, que des opinions soient plus opposées que les vôtres et les miennes sur l'action théâtrale.

Vous souffrez quelquefois qu'on vous contredise, n'est-il pas vrai? Je vous dirai donc qu'il me semble d'abord que vous excusez le vice de notre action théâtrale par celui de nos salles. Mais ne vaudrait-il pas mieux reconnaître que nos salles sont ridicules; qu'aussi longtemps qu'elles le seront, que le théâtre sera embarrassé de spectateurs, et que notre décoration sera fausse, il faudra que notre action théâtrale soit mauvaise?

Nous ne pouvons décorer que le fond parce que nous avons du monde sur le théâtre. — C'est qu'il n'y faut avoir personne, et décorer tout le théâtre.

Si vous voulez avoir une chambre dans le goût de celles qu'on habite, la cheminée sera dans le milieu. — Non, madame, la cheminée ne sera pas dans le milieu. Elle n'était point dans le milieu de la salle du père de famille, mais de côté; et il faut, s'il vous plaît, que sur le théâtre elle soit de côté et assez proche des spectateurs, ou votre scène et la salle du père de famille ne seront pas la même, et c'est inutilement que le poète aura écrit : « La scène est à Paris, dans la salle du père de famille. » Alors tous les mouvements seront aperçus. Comment font les Italiens et la plupart des autres peuples pour être vus et entendus sur des théâtres immenses où il se passe plusieurs incidents à la fois, et de ces incidents un ou deux sur le fond? Pourquoi me proposer une difficulté dont vous connaissez si bien la réponse?

Le théâtre est un tableau; mais c'est un tableau mouvant dont on n'a pas le temps d'examiner les détails. — Ce n'est pas dans un premier moment, au lever de la toile. Alors, s'il règne du silence entre les personnages, mes regards se répandront sur leurs

mouvements et je n'en perdrai rien. Dans le monde
tout s'aperçoit. Au travers d'une conversation tumul-
tueuse, un mot équivoque, un geste, un coup d'œil
devient souvent une indiscrétion. Est-on moins clair-
voyant, moins attentif au théâtre? Si cela est, tant
pis; c'est à un grand poète à corriger le peuple de ce
défaut. Mais lorsque le silence est rompu sur la
scène, moins on est aux détails du tableau, plus il faut
que les masses en soient frappantes, plus il faut que
les groupes y soient énergiques. En un mot le théâtre
est-il un tableau? Que je vous y voie donc comme un
peintre me montre ses figures sur la toile. Ne soyez
donc plus symétrisés, raides, fichés, compassés et
plantés en rond. Rappelez-vous vos scènes les plus
agitées, et dites-moi s'il y en a une seule dont
Boucher fît une composition supportable en la rendant à la rigueur?

On ne discerne point les détails au théâtre. —
Quelle idée! Est-ce pour des imbéciles que nous écri-
vons? Est-ce pour des imbéciles que vous jouez?
Mais supposons, ma bonne amie, car c'est ainsi que
vous m'avez permis de vous appeler, supposons
qu'un certain salon que nous connaissons bien tous
les deux fût disposé comme je le souhaiterais; que
Fanny fît une partie avec l'architriclin[1] de Son
Altesse; que je fusse placé derrière M. l'architriclin,
et que dans un instant où Fanny serait toute à son jeu
et moi tout à mes sentiments, la brochure que je
tiendrais m'échappât des mains, que les bras me
tombassent doucement, que ma tête se penchât
tendrement vers elle, et qu'elle devînt l'objet de
toute mon action. À quelque distance qu'un spectateur fût placé, s'y tromperait-il? Voilà le geste tel

qu'il doit être au théâtre, énergique et vrai ; il ne faut
pas jouer seulement du visage, mais de toute la
personne. En s'assujettissant minutieusement à certaines positions, on sacrifie l'ensemble des figures et
l'effet général à un petit avantage momentané.
Imaginez un père qui expire au milieu de ses enfants,
ou quelque autre scène semblable. Voyez ce qui se
passe autour de son lit : chacun est à sa douleur, en
suit l'impression, et celui dont je n'aperçois que
certains mouvements qui mettent en jeu mon imagination, m'attache, me frappe et me désole plus peut-
être qu'un autre dont je vois toute l'action. Quelle
tête que celle du père d'Iphigénie sous le manteau de
Timante[1] ! Si j'avais eu ce sujet à peindre, j'aurais
groupé Agamemnon avec Ulysse, et celui-ci, sous
prétexte de soutenir et d'encourager le chef des
Grecs dans un moment si terrible, lui aurait dérobé
avec un de ses bras le spectacle du sacrifice. Vanloo[2]
n'y a pas pensé.

*La position des acteurs toujours debout et toujours
tournés vers le spectateur vous paraît gauche.* — Oh,
très gauche ; et je n'en reviendrai jamais. J'ai, je le
vois, un système de déclamation qui est le renversé
du vôtre ; mais je voudrais que vous eussiez pour vos
répétitions un théâtre particulier, tel par exemple
qu'un grand espace rond ou carré, sans devant, ni
côtés, ni fond, autour duquel vos juges seraient
placés en amphithéâtre. Je ne connais que ce moyen
de vous dérouter. Je ne sais si ma façon de composer
est la bonne, mais la voici. Mon cabinet est le lieu de
la scène. Le côté de ma fenêtre est le parterre, où je
suis ; vers mes bibliothèques, sur le fond, c'est le
théâtre. J'établis les appartements à droite ; à gauche

dans le milieu, j'ouvre mes portes où il m'en faut, et je fais arriver mes personnages. S'il en entre un, je connais ses sentiments, sa situation, ses intérêts, l'état de son âme, et aussitôt je vois son action, ses mouvements, sa physionomie. Il parle ou il se tait, il marche ou il s'arrête, il est assis ou debout, il se montre à moi de face ou de côté ; je le suis de l'œil, je l'entends et j'écris. Et qu'importe qu'il me tourne le dos, qu'il me regarde ou que, placé de profil, il soit dans un fauteuil, les jambes croisées et la tête penchée sur une de ses mains ? L'attitude n'est-elle pas toujours d'un homme qui médite ou qui s'attendrit ? Tenez, mon amie, je n'ai pas été dix fois au spectacle depuis quinze ans. Le faux de tout ce qui s'y fait me tue.

L'acteur qui tourne la tête assez pour voir dans la seconde coulisse n'est pas entendu du quart des spectateurs. — Encore une fois, ayez des salles mieux construites, faites-vous un système de déclamation qui remédie à ce défaut ; approchez-vous de la coulisse ; parlez haut et vous serez entendus, et d'autant plus facilement aujourd'hui qu'on a établi dans nos assemblées de spectacle une police très ridicule.

Puisque j'en suis venu là, il faut que je vous dise ma pensée. Il y a quinze ans que nos théâtres étaient des lieux de tumulte. Les têtes les plus froides s'échauffaient en y entrant, et les hommes sensés y partageaient plus ou moins le transport des fous. On entendait d'un côté : *Place aux dames* ; d'un autre côté : *Haut les bras, M. l'abbé* ; ailleurs : *À bas le chapeau* ; de tous côtés : *Paix-là, paix la cabale !* On s'agitait, on se remuait, on se poussait ; l'âme était mise hors d'elle-même. Or, je ne connais pas de disposition plus favorable au poète. La pièce commençait avec peine, était souvent interrompue ; mais survenait-il un bel endroit ? C'était un fracas incroyable, les *bis* se redemandaient sans fin ; on s'enthousiasmait de l'auteur, de l'acteur et de l'actrice. L'engouement passait du parterre à l'amphithéâtre, et de l'amphithéâtre aux loges. On était arrivé avec chaleur, on s'en retournait dans l'ivresse ; les uns allaient chez des filles, les autres se répandaient dans le monde ; c'était comme un orage qui allait se dissiper au loin et dont le murmure durait longtemps après qu'il s'était écarté. Voilà le plaisir. Aujourd'hui, on arrive froids, on écoute froids, on sort froids, et je ne sais où l'on va. Ces fusiliers insolents préposés à droite et à gauche pour tempérer les transports de mon admiration, de ma sensibilité et de ma joie, et qui font de nos théâtres des endroits plus tranquilles et plus décents que nos temples, me choquent singulièrement.

Dans une scène intéressante, le visage ajoute à l'expression ; il est des occasions où un regard, un mouvement de tête peu marqué, un souris font beaucoup. — Et ces détails sont très légers, très momentanés, très fugitifs. Cependant la femme paresseuse à qui il n'est resté qu'une place au fond du coche les saisit. Tâchez donc de vous accorder avec vous-même. Je vous traiterai durement, car je vous estime et vous aime trop pour vous ménager.

À trois pieds des lampes un acteur n'a plus de visage. — Cela est fort mal. Car il faut qu'à six pieds des lampes il ait un visage. Ma bonne amie, on n'a pas vu un acteur ou une actrice dix fois qu'on entend son jeu à la plus grande distance. L'inconvénient qui vous frappe est tout au plus celui d'un début. Mettez mon imagination en train, et je verrai au plus loin, et je devinerai ce que je ne verrai pas, et peut-être y gagnerez-vous... Ô le maudit, le maussade jeu que celui qui défend d'élever les mains à une certaine hauteur, qui fixe la distance à laquelle un bras peut s'écarter du corps, et qui détermine comme au quart de cercle, de combien il est convenable de s'incliner ! Vous vous résoudrez donc toute votre vie à n'être que des mannequins ? La peinture, la bonne peinture, les grands tableaux, voilà vos modèles ; l'intérêt et la passion, vos maîtres et vos guides. Laissez-les parler et agir en vous de toute leur force. Voici un trait que M. le duc de Duras [1] vous racontera bien mieux que je ne vous l'écrirai. Il en a été témoin. Vous connaissez de réputation un acteur anglais, appelé Garrick. On parlait un jour en sa présence de la pantomime, et il soutenait que, même séparée du discours, il n'y avait aucun effet qu'on n'en pût attendre. On le contredit, il s'échauffe ; poussé à bout, il dit à ses contradicteurs en prenant un coussin : « Messieurs, je suis le père de cet enfant. » Ensuite il ouvre une fenêtre, il prend son coussin, il le saute et le baise, il le caresse et se met à imiter toute la niaiserie d'un père qui s'amuse avec son enfant ; mais il vint un instant où le coussin, ou plutôt l'enfant, lui échappa des mains et tomba par la fenêtre. Alors Garrick se mit à pantomimer le désespoir du père. Demandez à M. de Duras ce qui en arriva. Les spectateurs en conçurent des mouvements de consternation et de frayeur si violents que la plupart ne purent les supporter et se retirèrent.

Croyez-vous qu'alors Garrick songeait si on le voyait de face ou de côté ; si son action était décente ou ne l'était pas ; si son geste était compassé, ses mouvements cadencés ? Vos règles vous ont faits de bois, et à mesure qu'on les multiplie, on vous automatise. C'est Vaucanson[1] qui ajoute encore un ressort à son *Flûteur*. Prenez-y garde. Si vous me contrariez, j'étudie un rôle et je vais le jouer chez vous à ma fantaisie.

Nous avons peu d'idées de ce qu'était le jeu des Anciens. — Pardonnez-moi, ma bonne amie ; le jeu des Anciens ne nous est pas aussi ignoré que vous le pensez. Il n'y a qu'à lire et l'on trouve ce que l'on cherche, et quelquefois plus que l'on n'espérait. Vous seriez bien surprise si je vous disais que je connais un chœur d'Euripide noté. Cela est pourtant vrai.

Leur jeu serait bien ridicule à nos yeux. — Et le nôtre aux leurs. Pourquoi cela ? C'est qu'il n'y a que le vrai qui soit de tous les temps et de tous les lieux. Nous cherchons en tout une certaine unité ; c'est cette unité qui fait le beau, soit réel, soit imaginaire ; une circonstance est-elle donnée, cette circonstance entraîne les autres, et le système se forme vrai si la circonstance a été prise dans la nature ; faux, si ce fut une affaire de convention ou de caprice.

Rien ne doit être plus ménagé dans une scène que les temps. — Je ne connais et je ne suis disposé à recevoir de loi là-dessus que de la vérité. Votre dessein serait-il de faire de l'action théâtrale une chose technique qui s'écartât tantôt plus, tantôt moins de la nature, sans qu'il y eût aucun point fixe, en delà [*sic*] et en deçà duquel on pût l'accuser d'être faible, outrée, ou fausse ou vraie ? Livrez-vous à des conventions nationales, et ce qui sera bien à Paris sera mal à Londres, et ce qui sera bien à Paris et à Londres aujourd'hui, y sera mal demain. Dans les mœurs et dans les arts, il n'y a de bien et de mal pour moi, que ce qui l'est en tout temps et partout. Je veux que ma morale et mon goût soient éternels.

Un temps déplacé est une masse de glace jetée sur le spectateur. — Mais ce temps ne sera point déplacé s'il est vrai. C'est toujours là que j'en reviens. Vous observez par-ci par-là quelques-uns de ces temps ; à moi, il m'en faut à tout moment. Voyez combien de repos, de points, d'interruptions, de discours brisés dans *Pamela,* dans *Clarisse,* dans *Grandisson* [1]. Accusez cet homme-là, si vous l'osez. Combien la passion n'en exige-t-elle pas ? Or, que nous montrez-vous sur la scène ? Des hommes passionnés en telle circonstance, un tel jour, dans tel moment. Combien de fois, pour fermer la bouche à un critique qui dit : Cela est outré, il suffirait d'ajouter : ce jour-là.

Savez-vous le temps qu'il faut à Germeuil pour marquer qu'il lit, regarde Cécile, relit et regarde encore ? — Oui, je le sais, et par expérience. Ma pièce, avant que d'être publiée, avait eu vingt représentations au moins, et avec beaucoup de succès. C'est dans le fond de mon cabinet, et c'est un théâtre bien vrai que le fond de ce cabinet-là.

Quelque remarquée que soit l'action de Germeuil, elle ne sera jamais assez claire pour ceux qui l'ignorent, et c'est Fanny qui le dit ! Elle, qui sait qu'on ne présente pas une épingle à celle qu'on aime comme à une autre. On l'appuie un peu contre les doigts, et cent fois j'ai deviné la passion et la bonne intelligence

de deux amants à des choses aussi légères ; mais j'ai
répondu à cela.

*Et croyez-vous qu'on prendra garde à ceux qui sont
occupés dans le fond ? Non.* — Si ; mais il faut du
silence dans le tableau.

Le froid se répandra. — Si cela arrive, c'est que
nous avons oublié le vrai ; que nous nous sommes fait
des lois de fantaisie d'après lesquelles nous jugeons,
et que, la tête pleine de préjugés, nous allons siffler
au théâtre les détails qui nous enchanteraient dans
nos galeries ou même dans nos foyers.

Vous avez bien de l'esprit. — Moi ? On ne peut pas
en avoir moins. Mais j'ai mieux : de la simplicité, de
la vérité, de la chaleur dans l'âme, une tête qui
s'allume, de la pente à l'enthousiasme, l'amour du
bon, du vrai et du beau, une disposition facile à
sourire, à admirer, à m'indigner, à compatir, à
pleurer. Je sais aussi m'aliéner ; talent sans lequel on
ne fait rien qui vaille.

Vous ignorez les détails d'un art et sa main-d'œuvre.
— Et je veux être pendu, si je les apprends jamais.
Moi, je sortirais de la nature pour me fourrer où ?
Dans vos réduits où tout est peigné, ajusté, arrangé,
calamistré ? Que je me déplairais là ! Ô ma bonne
amie, où est le temps que j'avais de grands cheveux
qui flottaient au vent ? Le matin, lorsque le col de ma
chemise était ouvert et que j'ôtais mon bonnet de
nuit, ils descendaient en grandes tresses négligées sur
des épaules bien unies et bien blanches ; ma voisine
se levait de grand matin d'à côté de son époux,
entrouvrait les rideaux de sa fenêtre, s'enivrait de ce
spectacle, et je m'en apercevais bien. C'est ainsi que
je la séduisais d'un côté de la rue à l'autre. Près

d'elle, car on s'approche à la fin, j'avais de la candeur, de l'innocence, un ton doux, mais simple, modeste et vrai. Tout s'en est allé, et les cheveux blonds, et la candeur et l'innocence. Il ne m'en reste que la mémoire et le goût, que je cherche à faire passer dans mes ouvrages.

Ce n'est pas par ignorance qu'ils jouent comme ils font ; c'est que la salle l'exige. — Fort bien. J'avais cru que les salles devaient être faites pour les acteurs ; point du tout. Les acteurs sont des espèces de meubles qu'il faut ajuster aux salles.

Les scènes assises, comme elles ont moins de mouvement, sont froides, et on les évite. — Pour décider si les scènes assises sont froides ou non, j'en appelle à la seconde scène du second acte du *Père de famille*, et à la quatrième scène du même acte. Si un père dit à sa fille : « Ma fille, avez-vous réfléchi ? » je ne souffrirai jamais qu'ils soient debout, et l'acteur qui ne se lèvera pas machinalement à l'endroit qui convient est un stupide qu'il faut envoyer à la culture des champs. Ou je n'y entends rien ou ce serait pour moi un tableau charmant dans une salle décorée à ma manière, qu'une jeune enfant sur le devant assise à côté d'un homme respectable, les yeux baissés, les mains croisées, la contenance modeste et timide, interrogée, et répondant de son père, de sa mère, de son état, de son pays, tandis que sur le fond, une bonne vieille travaillerait à ourler un morceau de toile grossière qu'elle aurait attachée avec une épingle sur son genou. Eh bien, c'est la quatrième scène du deuxième acte. Et croyez-vous que sans la règle de l'unité de lieu, j'aurais manqué à vous montrer Sophie et Mme Hébert[1] dans leur grenier ? Sophie racontant ses peines à Mme Hébert, travaillant, s'interrompant dans son travail ; Mme Hébert écoutant, filant au rouet, pleurant ; et le frère de Sophie, est-ce qu'il ne serait pas arrivé là au retour de chez le commandeur ? Est-ce qu'il n'aurait pas fait ses adieux à sa sœur ? Est-ce que vous n'auriez pas fondu en larmes lorsque ces enfants se seraient embrassés, quittés, et que le frère aurait donné à sa sœur, pour l'aider à vivre, le prix de ses hardes et de sa liberté ?

Ma bonne amie, je crois que vous ne m'avez pas bien lu. Ma première et ma seconde pièce forment un système d'action théâtrale dont il ne s'agit pas de chicaner un endroit, mais qu'il faut adopter ou rejeter en entier. Mais pour en revenir aux scènes assises, comptez-vous pour rien la variété et le naturel des mouvements lorsque les personnages, dans un entretien qui a quelque étendue, se lèvent, s'appuient, s'approchent, s'éloignent, s'embrassent ou s'asseyent, suivant les sentiments divers qui les occupent ? N'est-ce pas ainsi que cela se passe dans votre appartement ? Mais tout ce qui n'est pas outré, forcé, strapassé, est froid pour ceux qui ont perdu une fois le goût de la vérité. Les détails les plus délicats les fatiguent. Savez-vous quels sont les tableaux qui m'appellent sans cesse ? — Ceux qui m'offrent le spectacle d'un grand mouvement ? — Point du tout ; mais ceux où les figures tranquilles me semblent prêtes à se mouvoir. J'attends toujours. Voilà le caractère des compositions de Raphaël et des ouvrages anciens. Qu'admirez-vous dans Térence ? Sont-ce les scènes turbulentes des Daves [1], ou celles des pères et des enfants ? Je ne parle jamais de ce poète sans m'en rappeler un endroit qui m'affecte toujours d'une manière délicieuse ; c'est dans le récit de *l'Andrienne*. On porte la vieille au bûcher, la jeune fille s'en approche un peu imprudemment. Pamphile effrayé s'avance vers elle et l'arrête en criant :

Mea Glycerium..., cur te is perditum ? [1]

Et Glycerion, presque évanouie :

Tum illa, ut consuetum facile amorem cerneres,
Rejecit se in eum, flens quam familiariter. [2]

Andria (acte I, scène i).

Voilà les tableaux qu'il me faut ou en action ou en récit. Je n'ai rien encore entendu louer du *Père de famille,* de ce qui m'en plaît, comme cet endroit des petites ruses que Saint-Albin employait pour s'approcher de Sophie : « Le soir, j'allais frapper doucement à leur porte et je leur demandais de l'eau, de la lumière, du feu... » Et ce mot de Sophie à Saint-Albin : « Vous avez une sœur ? Qu'elle est heureuse ! » Et toute la scène du père de famille et de Sophie, acte deuxième ; et toute la scène de Sophie aux pieds de Cécile, acte troisième. Et pourquoi me plaindrais-je ? Moi qui ai entendu le parterre s'extasier à une tirade de vers boursouflés, et laisser passer sans mot dire :

Embrassez votre ami que vous ne verrez plus.

Et cet autre vers :

Jusqu'au fond de son cœur faites couler mes larmes.

Je suis souvent transporté où les autres ne songent pas à s'émouvoir. Je me rappelle qu'au temps où l'on

joua ce *Catilina* de Crébillon, tant attendu et si
faiblement accueilli, je n'en retins qu'un seul vers
que je soutiens encore être le plus beau de la pièce.
C'est un endroit où Caton, interrompant Catilina qui
cherche à donner le change au Sénat, lui dit brusquement :

> Laissons là Manlius ; parlons de vos projets[1].

Voilà qui est de caractère. Nous n'y sommes pas,
mon amie, nous n'y sommes pas. Il faudrait trois ou
quatre bons romans pour nous y conduire ou pour
nous y ramener. Veuillez-le, veuillez-le ; vous qui
avez de la noblesse, de la simplicité, de la vérité, de
la sensibilité, de l'imagination, du style, de la grâce ;
vous qui connaissez les mœurs, les usages, les
hommes, les femmes ; vous qui avez de la gaieté, du
naturel, de la finesse, de l'honnêteté, de l'originalité.
Ah ! si je possédais un peu de cette richesse ! Mais
oubliez vos règles, laissez là le technique : c'est la
mort du génie.

*Ce ne sont pas toutes les actions naturelles qu'il faut
représenter.* — Il est vrai, mais toutes celles qui
intéressent... Vous êtes contente de ma diction et de
mes sentiments. C'est bien à vous à me louer là-
dessus, vous applaudissez à la chose sur laquelle
personne ne doit être plus difficile que vous. Mais
dites-moi du bien de la conduite, des caractères, des
tableaux, de la vitesse des scènes, etc.

La nature est belle. — Si belle qu'il n'y faut presque
pas toucher. Si nous portons le ciseau dans un endroit
agreste et sauvage, tout est perdu. Pour Dieu, laissez
pousser l'arbre comme il lui plaît. Il y aura des
endroits clairs, d'autres touffus, des branches sur-

chargées de feuilles, des rameaux secs, mais le tout vous plaira. Vous parlez de la belle nature, mais qu'est-ce que la belle nature ? Vous seriez-vous jamais fait sérieusement cette question ? Avez-vous pensé que l'orme que le peintre eût choisi est celui que vous feriez couper s'il était à votre porte, et que la peinture et la poésie s'accommodent mieux de l'aspect d'une chaumière ou d'un vieux château ruiné, que d'un palais fraîchement bâti ?

Je n'aime point à critiquer, je sais faire du miel. Donner des leçons me conviendrait mal. J'écris dans un genre que Voltaire dit être tendre, vertueux et nouveau [1], et que je prétends être le seul qui soit vrai.

Écoutez-moi encore un moment. Quel est le fond de nos comédies ? Toujours un mariage traversé par les pères ou par les mères, ou par les parents ou par les enfants, ou par la passion ou par l'intérêt, ou par d'autres incidents que vous savez bien. Or dans tous ces cas, qu'arrive-t-il dans nos familles ? Que le père et la mère sont chagrins, que les enfants sont désespérés, que la maison est pleine de tumulte, de soupçons, de plaintes, de querelles, de craintes ; et que tant que durent les obstacles, pas un souris échappé et beaucoup de larmes versées. Ajoutez à cela qu'un sujet ne peut être mis sur la scène qu'au moment de la crise, qu'un incident dramatique n'a presque pas de milieu, qu'il est toujours trop tôt ou trop tard pour agir, et que le dénouement n'est pas sans quelque chose d'imprévu et de fortuit. Concluez donc.

J'en viens maintenant aux observations principales qui me restaient à faire sur votre ouvrage [2]. Le sujet en est d'une extrême simplicité. C'est un seul et

unique incident qui donne lieu à quelques lettres
préliminaires et à deux grands récits. Le premier de
ces récits est absolument vide d'événements, et le
second en a à peine ce qu'il lui en faut pour son
étendue. Vous avez fait un roman en lettres du sujet
d'une nouvelle. Il y a de la légèreté, et même de la
gaieté, dans les premières lettres ; mais elles ne
m'agitent point et je ne me sens pas bien pressé de
connaître la faute de milord d'Ossery. L'histoire des
amours de milady Catesby et de milord d'Ossery a
des charmes ; ce sont deux physionomies d'amants
fort tendres, mais qui n'ont rien de caractérisé ni
d'original. Il s'en manque beaucoup que cela puisse
être comparé pour la chaleur et la singularité aux
Lettres de Fanny ; ni pour la conduite, les caractères
et l'intérêt, au *Marquis de Cressy*. Il faudrait que cet
ouvrage eût été le premier des trois ; cependant il y a
de la vérité, de la finesse, de la dignité, beaucoup de
style. La seconde lecture m'a fait plus de plaisir que
la première. Cet ouvrage aura du succès. Je vous
conseille de le donner et de l'avouer. Il m'est venu en
tête que, si les amours de milady Catesby et de
milord d'Ossery avaient été secrètes, cette circonstance aurait pu donner à leur histoire une tout autre
couleur. Milady Catesby en aurait paru plus bizarre,
et milord d'Ossery plus malheureux. Voyez. Du
reste, renfermez-vous dans l'obscurité le plus que
vous pourrez. Si vous ouvrez la porte à la vanité, le
bonheur s'envolera par la fenêtre. Faites-leur des
ouvrages bien doux, bien tendres, remplis d'esprit,
de goût et de sensibilité : mais cachez-vous-en et
qu'ils ne sachent à qui s'en prendre du plaisir qu'ils
vous devront. J'ai un beau sujet dans la tête ; c'est un

morceau à faire tout entier de génie et de feu. Je vous le dirais bien, mais que me donnerez-vous ? Car je suis intéressé.

Il y a quinze jours que cette lettre est commencée, mais des peines[1] qui se sont succédé les unes aux autres l'ont toujours interrompue. Vous l'avez su sans doute, et vous m'avez plaint ; mais tout est fini et il n'y a plus que vous à apaiser. Pardonnez-moi donc, et ne soyez plus fâchée contre un homme qui est, avec le dévouement le plus vrai, et tout le respect imaginable, etc.

Lettres à
Mademoiselle Jodin

I

J'ai lu, mademoiselle, la lettre que vous avez écrite à Mme votre mère [1]. Les sentiments de tendresse, de dévouement et de respect dont elle est remplie ne m'ont point surpris. Vous êtes un enfant malheureux, mais vous êtes un enfant bien né. Puisque vous avez reçu de la nature une âme honnête, connaissez tout le prix du don qu'elle vous a fait, et ne souffrez pas que rien l'avilisse.

Je ne suis pas un pédant ; je me garderai bien de vous demander une sorte de vertus presque incompatibles avec l'état que vous avez choisi, et que des femmes du monde, que je n'en estime ni ne méprise davantage pour cela, conservent rarement au sein de l'opulence et loin des séductions de toute espèce dont vous êtes environnée. Le vice vient au-devant de vous ; elles vont au-devant du vice. Mais songez qu'une femme n'acquiert le droit de se défaire des lisières que l'opinion attache à son sexe que par des talents supérieurs et les qualités d'esprit et de cœur les plus distinguées. Il faut mille vertus réelles pour couvrir un vice imaginaire. Plus vous accorderez à vos goûts, plus vous devez être attentive sur le choix des objets.

On reproche rarement à une femme son attachement pour un homme d'un mérite reconnu. Si vous n'osez avouer celui que vous aurez préféré, c'est que vous vous en mépriserez vous-même, et quand on a du mépris pour soi, il est rare qu'on échappe au mépris des autres. Vous voyez que, pour un homme qu'on compte entre les philosophes, mes principes ne sont pas austères : c'est qu'il serait ridicule de proposer à une femme de théâtre la morale des Capucines du Marais.

Travaillez surtout à perfectionner votre talent ; le plus misérable état, à mon sens, est celui d'une actrice médiocre.

Je ne sais pas si les applaudissements du public sont très flatteurs, surtout pour celle que sa naissance et son éducation avaient moins destinée à les recevoir qu'à les accorder, mais je sais que ses dédains ne doivent être que plus insupportables pour elle. Je vous ai peu entendue, mais j'ai cru vous reconnaître une grande qualité, qu'on peut simuler peut-être à force d'art et d'étude, mais qui ne s'acquiert pas ; une âme qui s'aliène, qui s'affecte profondément, qui se transporte sur les lieux, qui est telle ou telle, qui voit et qui parle à tel ou tel personnage. J'ai été satisfait lorsque, au sortir d'un mouvement violent, vous paraissiez revenir de fort loin et reconnaître à peine l'endroit d'où vous n'étiez pas sortie et les objets qui vous environnaient.

Acquérez de la grâce et de la liberté, rendez toute votre action simple, naturelle et facile.

Une des plus fortes satires de notre genre dramatique, c'est le besoin que l'acteur a du miroir. N'ayez point d'apprêt ni de miroir, connaissez la bienséance de votre rôle et n'allez point au-delà. Le moins de gestes que vous pourrez ; le geste fréquent nuit à l'énergie, et détruit la noblesse. C'est le visage, ce sont les yeux, c'est tout le corps qui doit avoir du mouvement, et non les bras. Savoir rendre un endroit passionné, c'est presque ne rien savoir. Le poète est pour moitié dans l'effet. Attachez-vous aux scènes tranquilles ; ce sont les plus difficiles ; c'est là qu'une actrice montre du goût, de l'esprit, de la finesse, du jugement, de la délicatesse quand elle en a. Étudiez les accents des passions ; chaque passion a les siens, et ils sont si puissants qu'ils me pénètrent presque sans le secours de la parole. C'est la langue primitive de la nature. Le sens d'un beau vers n'est pas à la portée de tous ; mais tous sont affectés d'un long soupir tiré douloureusement du fond des entrailles ; des bras élevés, des yeux tournés vers le ciel, des sons inarticulés, une voix faible et plaintive, voilà ce qui touche, émeut et trouble toutes les âmes. Je voudrais bien que vous eussiez vu Garrick jouer le rôle d'un père qui a laissé tomber son enfant dans un puits[1]. Il n'y a point de maxime que nos poètes aient plus oubliée que celle qui dit que les grandes douleurs sont muettes. Souvenez-vous-en pour eux, afin de pallier par votre jeu l'impertinence de leurs tirades. Il ne tiendra qu'à vous de faire plus d'effet par le silence que par leurs beaux discours.

Voilà bien des choses, et pas un mot du véritable
sujet de ma lettre. Il s'agit, mademoiselle, de votre
maman[1]. C'est, je crois, la plus infortunée créature
que je connaisse. Votre père la croyait insensible à
tout événement ; il ne la connaissait pas assez. Elle a
été désolée de se séparer de vous, et il s'en fallait
bien qu'elle fût remise de sa peine lorsqu'elle a eu à
supporter un autre événement fâcheux. Vous me
connaissez, vous savez qu'aucun motif, quelque honnête qu'on pût le supposer, ne me ferait dire une
chose qui ne serait pas dans la plus exacte vérité.
Prenez donc à la lettre ce que vous allez apprendre.

Elle était sortie ; pendant son absence on a cro-
cheté sa porte et on l'a volée. On lui a laissé ses
nippes, heureusement ; mais on a pris ce qu'elle avait
d'argent, ses couverts et sa montre. Elle en a ressenti
un violent chagrin, et elle en est vraiment changée.
Dans la détresse où elle s'est trouvée, elle s'est
adressée à tous ceux en qui elle a espéré trouver de
l'amitié et de la commisération. Mais vous avez
appris par vous-même combien ces sentiments sont
rares, économes et peu durables, sans compter
qu'il y a, surtout en ceux qui ne sont pas faits à la
misère, une pudeur qui les retient et qui ne cède qu'à
l'extrême besoin.

Votre mère est faite autant que personne pour
sentir toute cette répugnance. Il est impossible que
les modiques secours qui lui viennent puissent la
soutenir. Nous lui avons offert notre table pour tous
les jours et nous l'avons fait, je crois, d'assez bonne
grâce pour qu'elle n'ait point souffert à l'accepter.
Mais la nourriture, quoique le plus pressant des
besoins, n'est pas le seul qu'on ait. Il serait bien dur

qu'on ne lui eût laissé ses nippes que pour s'en défaire. Elle luttera le plus qu'elle pourra, mais cette lutte est pénible ; elle ne dure guère qu'aux dépens de la santé, et vous êtes trop bonne pour ne pas la prévenir ou la faire cesser. Voilà le moment de lui prouver la sincérité des protestations que vous lui avez faites en la quittant.

Il m'a semblé que mon estime ne vous était pas indifférente. Songez, mademoiselle, que je vais vous juger ; et ce n'est pas, je crois, mettre cette estime à trop haut prix que de l'attacher aux procédés que vous aurez avec votre mère, surtout dans une circonstance telle que celle-ci. Si vous avez résolu de la secourir, comme vous le devez, ne la laissez pas attendre. Ce qui n'est que d'humanité pour nous est de premier devoir pour vous ; il ne faut pas qu'on dise que, sur les planches et dans la chaire, l'acteur et le docteur de Sorbonne sont également soigneux de recommander le bien, et habiles à se dispenser de le faire.

J'ai le droit par mon âge, par mon expérience, l'amitié qui me liait avec M. votre père, et l'intérêt que j'ai toujours pris à vous, d'espérer que les conseils que je vous donnerai sur votre conduite et votre caractère ne seront point mal pris. Vous êtes violente [1] ; on se tient à distance de la violence, c'est le défaut le plus contraire à votre sexe, qui est complaisant, tendre et doux. Vous êtes vaine ; si la vanité n'est pas fondée, elle fait rire. Si l'on mérite en effet toute la préférence qu'on s'accorde à soi-même, on humilie les autres, on les offense. Je ne permets de sentir et de montrer ce qu'on vaut, que quand les autres l'oublient jusqu'à nous manquer. Il n'y a que ceux qui sont petits qui se lèvent toujours sur la pointe des pieds.

J'ai peur que vous ne respectiez pas assez la vérité dans vos discours. Mademoiselle, soyez vraie, faites-vous-en l'habitude ; je ne permets le mensonge qu'au sot et au méchant ; à celui-ci pour se masquer, à l'autre pour suppléer à l'esprit qui lui manque. N'ayez ni détours, ni finesses, ni ruses. Ne trompez personne ; la femme trompeuse se trompe la première. Si vous avez un petit caractère, vous n'aurez jamais qu'un petit jeu. Le philosophe qui manque de religion ne peut avoir trop de mœurs. L'actrice, qui a contre ses mœurs l'opinion qu'on a conçue de son état, ne saurait trop s'observer et se montrer élevée. Vous êtes négligente et dissipatrice ; un moment de négligence peut coûter cher, le temps amène toujours le châtiment du dissipateur.

Pardonnez à mon amitié ces réflexions sévères. Vous n'entendrez que trop la voix de la flatterie. Je vous souhaite tout succès.

Je vous salue et finis sans fadeur et sans compliment.

DIDEROT

II

[Novembre 1765[1]]

Ce n'est pas vous, mademoiselle, qui pouviez vous offenser de ma lettre ; mais c'était peut-être Mme votre mère. En y regardant d'un peu plus près, vous auriez deviné que je n'insistais d'une manière si pressante sur le besoin qu'elle avait de vos secours, que pour ne vous laisser aucun doute sur la vérité de son accident. Ces secours sont arrivés fort à temps, et je suis bien aise de voir que votre âme a conservé sa sensibilité et son honnêteté, en dépit de l'épiderme de votre état, dont je ferais le plus grand cas si ceux qui s'y engagent avaient seulement la moitié autant de mœurs qu'il exige de talents.

Mademoiselle, puisque vous avez eu le bonheur d'intéresser un homme habile et sensé [1], aussi propre à vous conseiller sur votre jeu que sur votre conduite, écoutez-le, ménagez-le, dédommagez-le du désagrément de son rôle par tous les égards et toute la docilité possibles.

Je me réjouis très sincèrement de vos premiers succès ; mais songez que vous ne les devez en partie qu'au peu de goût de vos spectateurs. Ne vous laissez pas enivrer par des applaudissements de si peu de valeur. Ce n'est pas à vos tristes Polonais, ce n'est pas aux barbares qu'il faut plaire. C'est aux Athéniens.

Tous les petits repentirs dont vos emportements ont été suivis devraient bien vous apprendre à les modérer. Ne faites rien qui puisse vous rendre méprisable. Avec un maintien honnête, décent, réservé, le propos d'une fille d'éducation, on écarte de soi toutes ces familiarités insultantes que l'opinion malheureusement trop bien fondée qu'on a d'une comédienne, ne manque presque jamais d'appeler à elle, surtout de la part des étourdis et des gens mal élevés qui ne sont rares en aucun endroit du monde.

Faites-vous la réputation d'une bonne et honnête créature. Je veux bien qu'on vous applaudisse, mais j'aimerais encore mieux qu'on pressentît que vous étiez destinée à autre chose qu'à monter sur des tréteaux, et que, sans trop savoir la suite d'événements fâcheux qui vous a conduite là, on vous en plaignît.

Les grands éclats de rire, la gaieté immodérée, les propos libres, marquent la mauvaise éducation, la corruption des mœurs, et ne manquent presque jamais d'avilir. Se manquer à soi-même, c'est autoriser les autres à nous imiter. Vous ne pouvez être trop scrupuleuse sur le choix des personnes que vous recevez avec quelque assiduité. Jugez de ce qu'on pense en général de la femme de théâtre par le petit nombre de ceux à qui il est permis de la fréquenter sans s'exposer à de mauvais discours. Ne soyez contente de vous que quand les mères pourront voir leurs fils vous saluer sans conséquence. Ne croyez pas que votre conduite dans la société soit indifférente à vos succès au théâtre. On applaudit à regret à celle qu'on hait ou qu'on méprise.

Économisez ; ne faites rien sans avoir l'argent à la main ; il vous en coûtera moins, et vous ne serez jamais sollicitée par des dettes criardes à faire des sottises.

Vous vous époumonnerez toute votre vie sur les planches, si vous ne pensez pas de bonne heure que vous êtes faite pour autre chose. Je ne suis pas difficile ; je serai content de vous si vous ne faites rien qui contrarie votre bonheur réel. La fantaisie du moment a bien sa douceur ; qui est-ce qui ne le sait pas ? Mais elle a des suites amères qu'on s'épargne par de petits sacrifices, quand on n'est pas une folle.

Bonjour, mademoiselle ; portez-vous bien ; soyez

sage si vous pouvez ; si vous ne pouvez l'être, ayez au moins le courage de supporter le châtiment du désordre.

Perfectionnez-vous. Attachez-vous aux scènes tranquilles, il n'y a que celles-là qui soient difficiles. Défaites-vous de ces hoquets habituels qu'on voudrait vous faire prendre pour des accents d'entrailles, et qui ne sont qu'un mauvais technique, déplaisant, fatigant, un tic aussi insupportable sur la scène qu'il le serait en société. N'ayez aucune inquiétude sur nos sentiments pour madame votre mère ; nous sommes disposés à la servir en toute occasion.

Saluez de ma part l'homme intrépide qui a bien voulu se charger de la dure et pénible corvée de vous diriger. Que Dieu lui en conserve la patience. Je n'ai pas voulu laisser partir ces lettres, que Mme votre mère m'a remises, sans un petit mot qui vous montrât l'intérêt que je prends à votre sort. Quand je ne me soucierai plus de vous, je ne prendrai plus la liberté de vous parler durement ; et si je vous écris encore, je finirai mes lettres avec toutes les politesses accoutumées.

III

[1766]

Mademoiselle, nous avons reçu toutes vos lettres, mais il nous est difficile de deviner si vous avez reçu toutes les nôtres.

Je suis satisfait de la manière dont vous en usez avec Mme votre mère. Conservez cette façon d'agir et de penser. Vous en aurez d'autant plus de mérite à mes yeux, qu'obligée par état à simuler sur la scène toutes sortes de sentiments, il arrive souvent qu'on n'en conserve aucun et que toute la conduite de la vie ne devient qu'un jeu, qu'on ajuste comme on peut aux différentes circonstances où l'on se trouve.

Mettez-vous en garde contre un ridicule qu'on prend imperceptiblement, et dont il est difficile dans la suite de se défaire. C'est de garder, au sortir de la scène, je ne sais quel ton emphatique qui tient du rôle de princesse qu'on a fait. En déposant les habits de Mérope, d'Alzire, de Zaïre ou de Zénobie [1], accrochez à votre portemanteau tout ce qui leur appartient. Reprenez le propos naturel de la société, le maintien simple et honnête d'une femme bien née.

Ne vous permettez à vous-même aucun propos libre ; et s'il arrive qu'on en hasarde en votre présence, ne les entendez jamais. Dans une société d'hommes distingués, adressez-vous de préférence à ceux qui ont de l'âge, du sens, de la raison et des mœurs.

Après les soins que vous prendrez de vous faire un caractère estimable, donnez tous les autres à la perfection de votre talent. Ne dédaignez les conseils de personne. Il plaît quelquefois à la nature de placer une âme sensible et un tact très délicat dans un homme de la condition la plus commune.

Occupez-vous surtout à avoir les mouvements doux, faciles, aisés et pleins de grâce. Étudiez là-dessus les femmes du grand monde, celles du premier rang, quand vous aurez le bonheur de les approcher. Il est important, quand on se montre sur la scène, d'avoir le premier moment pour soi ; et vous l'aurez toujours si vous vous présentez avec le maintien et le visage de votre situation.

Ne vous laissez point distraire dans la coulisse. C'est là surtout qu'il faut écarter de soi et les galanteries, et les propos flatteurs, et tout ce qui tendrait à vous tirer de votre rôle. Modérez votre voix ; ménagez votre sensibilité ; ne vous livrez que par gradation. Il faut que le système général de la déclamation entière d'une pièce corresponde au système général du poète qui l'a composée. Faute de cette attention, on joue bien un endroit d'une scène, on joue même bien une scène ; on joue mal tout le rôle. On a de la chaleur déplacée ; on transporte le spectateur par intervalles. Dans d'autres, on le laisse languissant et froid, sans qu'on puisse quelquefois en accuser l'auteur.

Vous savez bien ce que j'entends par le hoquet tragique. Souvenez-vous que c'est le vice le plus insupportable et le plus commun. Examinez les hommes dans leurs plus violents accès de fureur, et vous ne leur remarquerez rien de pareil. En dépit de l'emphase poétique, rapprochez votre jeu de la nature le plus que vous pourrez ; moquez-vous de l'harmonie, de la cadence et de l'hémistiche ; ayez la prononciation claire, nette et distincte, et ne consultez sur le reste que le sentiment et le sens. Si vous avez le sentiment juste de la vraie dignité, vous ne serez jamais ni bassement familière, ni ridiculement ampoulée ; surtout ayant à rendre des poètes qui ont chacun leur caractère et leur génie.

N'affectez aucune manière. La manière est détestable dans tous les arts d'imitation. Savez-vous pour-

quoi on n'a jamais pu faire un bon tableau d'après
une scène dramatique ? C'est que l'action de l'acteur
a je ne sais quoi d'apprêté et de faux. Si, quand vous
êtes sur le théâtre, vous ne croyez pas être seule, tout
est perdu. Mademoiselle, il n'y a rien de bien dans ce
monde que ce qui est vrai ; soyez donc vraie sur la
scène, vraie hors de la scène.

Lorsqu'il y aura dans les villes, dans les palais,
dans les maisons particulières, quelques beaux
tableaux d'histoire, ne manquez pas de les aller voir.
Soyez spectatrice attentive dans toutes les actions
populaires ou domestiques. C'est là que vous verrez
les visages, les mouvements, les actions réelles de
l'amour, de la jalousie, de la colère, du désespoir.
Que votre tête devienne un portefeuille de ces
images, et soyez sûre que, quand vous les exposerez
sur la scène, tout le monde les reconnaîtra et vous
applaudira.

Un acteur qui n'a que du sens et du jugement est
froid ; celui qui n'a que de la verve et de la sensibilité
est fou. C'est un certain tempérament de bon sens et
de chaleur qui fait l'homme sublime ; et sur la scène
et dans le monde, celui qui montre plus qu'il ne sent,
fait rire au lieu de toucher. Ne cherchez donc jamais
à aller au-delà du sentiment que vous aurez ; tâchez
de le rendre juste.

J'avais bien envie de vous dire un mot sur le
commerce des grands. On a toujours le prétexte ou la
raison du respect qu'on leur doit pour se tenir loin
d'eux et les arrêter loin de soi, et n'être point exposée
aux gestes qui leur sont familiers. Tout se réduit à
faire en sorte qu'ils vous traitent la centième fois
comme la première.

Portez-vous bien ; vous serez heureuse si vous êtes honnête.

IV

[Fin mai 1766[1]]

Nous sommes toujours également disposés, mademoiselle, à servir Mme votre mère, et nous n'avons point changé de sentiments pour vous. Mme votre mère est une bonne créature, née pour être la dupe de tous ceux en qui elle se confie, pour se confier au premier venu, et pour être toujours étonnée que le premier qui lui vient ne soit pas le plus honnête homme du monde. Nous nous épuisons avec elle en bons conseils qu'elle reçoit avec toute la reconnaissance qu'elle nous devrait peut-être, s'ils lui étaient de quelque utilité ; mais heureusement les contre-temps qui feraient tourner la tête à une autre ne prennent ni sur sa bonne humeur, ni sur sa santé. Elle jouit du plus bel embonpoint, et mourra à cent ans avec toute l'expérience de ce monde qu'elle avait à huit ; mais ceux qui la trompent sont toujours plus à plaindre qu'elle.

Mais vous, est-ce que vous n'apprendrez jamais à bien connaître ceux en qui vous aurez à placer votre confiance ? N'espérez pas trouver des amis parmi les hommes de votre état. Traitez vos compagnes avec honnêteté ; mais ne vous liez avec aucune.

Lorsqu'on réfléchit aux raisons qui ont déterminé un homme à se faire acteur, une femme à se faire actrice, au lieu où le sort les a pris, aux circonstances bizarres qui les ont portés sur la scène, on n'est plus étonné que le talent, les mœurs et la probité soient également rares parmi les comédiens.

Voilà qui est bien décidé ; Mlle Clairon ne remonte pas [1]. Le public vient d'être un peu dédommagé de sa perte par une jeune fille [2], hideuse de visage, qui est de la laideur la plus amère, dont la voix est sépulcrale, qui grimace, mais qui se laisse de temps en temps si profondément pénétrer de son rôle, qu'elle fait oublier ses défauts et qu'elle entraîne tous les applaudissements.

Comme je fréquente peu, très peu les spectacles, je ne l'ai point encore vue. Je serais porté à croire qu'elle pourrait bien devoir une partie de son succès à la haine qu'on porte à Mlle Clairon. C'est moins une justice que l'on rend à l'une, qu'une mortification qu'on veut donner à l'autre ; mais tout ceci n'est qu'une conjecture.

Exercez-vous ; perfectionnez-vous. Il y a quelque apparence qu'à votre retour vous trouverez le public disposé à vous accueillir, et la scène sans aucune rivale que vous ayez à redouter.

Bonjour, mademoiselle. Portez-vous bien, et songez que les mœurs, l'honnêteté, l'élévation des sentiments ne se perdent point sans quelque conséquence pour les progrès et la perfection dans tous les genres d'imitation. Il y a bien de la différence entre jouer et sentir. C'est la différence de la courtisane qui séduit, à la femme tendre qui aime et qui s'enivre elle-même et un autre.

Mme votre mère n'a pas voulu fermer sa lettre sans y enfermer un petit mot de moi, et je ne me suis pas fait presser. Je m'acquitte, par l'intérêt que je prends à vous, de tout ce que je devais à M. votre père.

V

[Juillet ou août 1766[1]]

Je ne laisserai point aller cette lettre de Mme votre mère, mademoiselle, sans y ajouter une petite pincée d'amitié, de conseil et de raison.

Premièrement, ne laissez pas ici cette bonne femme. Elle n'a pas l'ombre d'arrangement ; elle vous fera une dépense enragée, et n'en sera que plus mal. Appelez-la auprès de vous ; elle vous coûtera moins, elle sera mieux, ne vous ôtera aucune liberté, et mettra même dans votre position quelque décence, surtout si vous vous conduisez bien.

Si vous voyez des grands, redoublez d'égards pour leur naissance, leur rang et tous leurs autres avantages. C'est la seule façon honnête et sûre de les tenir à la distance qui convient. Point d'airs de princesse qui feraient rire là-bas comme ici, car le ridicule se sent partout ; mais toujours l'air de la politesse, de la décence et du respect de soi-même. Ce respect qu'on a pour soi en donne l'exemple aux autres. Quand les hommes manquent à une femme, c'est assez communément qu'elle s'est oubliée la première. Plus votre état invite à l'insolence, plus vous devez être en garde.

Étudiez sans cesse ; point de hoquets, point de cris ; de la dignité vraie, un jeu ferme, sensé, raisonné, juste, mâle ; la plus grande sobriété de gestes. C'est de la contenance, c'est du maintien qu'il faut déclamer les trois quarts du temps.

Variez vos tons et vos accents, non selon les mots, mais selon les choses et les positions. Donnez de l'ouvrage à votre raison, à votre âme, à vos entrailles, et épargnez-en beaucoup à vos bras. Sachez regarder, sachez écouter surtout ; peu de comédiens savent écouter. Ne veuillez pas vous sacrifier votre interlocuteur. Vous y gagnerez quelque chose peut-être ; mais la pièce, la troupe, le poète et le public y perdront.

Que le théâtre n'ait pour vous ni fond ni devant ; que ce soit rigoureusement un lieu où et d'où personne ne vous voie. Il faut avoir le courage quelquefois de tourner le dos au spectateur ; il ne faut jamais se souvenir de lui. Toute actrice qui s'adresse à lui mériterait qu'il s'élevât une voix du parterre qui lui dît : « Mademoiselle, je n'y suis pas. »

Et puis le meilleur conseil, même pour le succès du talent, c'est d'avoir des mœurs. Tâchez donc d'avoir des mœurs. Comme il y a une différence infinie entre l'éloquence d'une honnête femme et celle d'un rhéteur qui dit ce qu'il ne sent pas, il doit y avoir la même différence entre le jeu d'une honnête femme et celui d'une femme avilie, dégradée par le vice, qui jase des maximes de vertu. Et puis, croyez-vous qu'il n'y en ait aucune pour le spectateur, à entendre une femme d'honneur ou une femme perdue ?

Encore une fois, ne vous en laissez point imposer par des succès ; à votre place je m'occuperais à faire des essais, à tenter des choses hardies, à me faire un jeu qui fût mien. Tant que votre action théâtrale ne sera qu'un tissu de petites réminiscences, vous ne serez rien. Quand l'âme inspire, on ne sait jamais ce qu'on fera, comment on dira ; c'est le moment, la situation de l'âme qui dicte, voilà les seuls bons maîtres, les seuls bons souffleurs.

Adieu, mademoiselle, portez-vous bien ; risquez d'ennuyer quelquefois les Allemands[1] pour apprendre à nous amuser[2].

VI

[Fin décembre 1766]

Il est fort difficile, mademoiselle, de vous donner un bon conseil ! Je vois presque égalité d'inconvénients aux différents partis que vous avez à prendre. Il est sûr qu'on se gâte à une mauvaise école, et qu'il n'y a que des vices à gagner avec des comédiens vicieux. Il ne l'est pas moins que vous profiteriez plus ici, spectatrice, qu'en quelque endroit que ce soit de l'Europe, actrice. Cependant, c'est le jugement, c'est la raison, c'est l'étude, la réflexion, la passion, la sensibilité, l'imitation vraie de la nature, qui suggèrent les finesses de jeu ; et il y a des défauts grossiers dont on peut se corriger par toute la terre. Il suffit de se les avouer à soi-même, et de vouloir s'en défaire.

Je vous ai dit, avant votre départ pour Varsovie, que vous aviez contracté un hoquet habituel, qui revenait à chaque instant, et qui m'était insupportable ; et j'apprends par de jeunes seigneurs qui vous ont entendue, que vous ne savez pas vous tenir, et que vous vous laissez aller à un balancement de corps très déplaisant. En effet, qu'est-ce que cela signifie ? Cette action est sans dignité. Est-ce que, pour donner de la véhémence à son discours, il faut jeter son corps à la tête ? Il y a partout des femmes bien nées, bien élevées, qu'on peut consulter et dont on peut apprendre la convenance du maintien et du geste.

Je ne me soucierais de venir à Paris[1] que dans le temps où j'aurais fait assez de progrès pour profiter des leçons des grands maîtres. Tant que je me reconnaîtrais des défauts essentiels, je resterais ignorée et loin de la capitale. Si l'intérêt se joignait encore à ces considérations, si, par une absence de quelques mois, je pouvais me promettre plus d'aisance, une vie plus tranquille et plus retirée, des études moins interrompues, plus suivies, moins distraites ; si j'avais des préventions à détruire, des fautes à faire oublier, un caractère à établir, ces avantages achèveraient de me déterminer. Songez, mademoiselle, qu'il n'y aura que le plus grand talent qui rassure les comédiens de Paris sur les épines qu'ils redoutent de votre commerce ; et puis le public, qui semble perdre de jour en jour de son goût pour la tragédie, est une difficulté également effrayante et pour les acteurs et pour les auteurs. Rien n'est plus commun que les débuts malheureux.

Étudiez donc, travaillez, acquérez quelque argent ; défaites-vous des gros défauts de votre jeu, et puis venez ici voir la scène, et passez les jours et les nuits à vous conformer aux bons modèles. Vous trouverez bien quelques hommes de lettres, quelques gens du monde prêts à vous conseiller ; mais n'attendez rien des acteurs ni des actrices. N'en est-ce pas assez pour elles du dégoût de leur état, sans y ajouter celui des leçons, au sortir du théâtre, dans les moments qu'elles ont destinés au plaisir ou au repos ?

Votre mère a été sur le point d'acheter des meubles ; elle a loué un logement, il ne lui reste plus qu'à se conformer à vos vues, selon le parti que vous suivrez. Elle n'ira point se réinstaller chez votre oncle [1] ; cet homme est dans l'indigence et serait plus à charge qu'utile.

J'accepte vos souhaits, et j'en fais de très sincères pour votre bonheur et vos succès.

VII

[Janvier 1767]

Quoi ! Mademoiselle, ce serait tout de bon, et en dépit de l'étourdissement de l'état, des passions et de la jeunesse, qu'il vous viendrait quelque pensée solide ? et l'ivresse du présent ne vous empêcherait pas de regarder dans l'avenir ? Est-ce que vous seriez malade ? Ne vous en promettriez-vous plus les mêmes avantages ?

J'ai peu de foi aux conversions, et la prudence m'a toujours paru la bonne qualité la plus incompatible avec votre caractère. Je n'y comprends rien. Quoi qu'il en soit, si vous persistez à vouloir placer une somme à fonds perdus, vous pouvez me l'adresser quand il vous plaira. Je tâcherai de répondre à cette marque de confiance en vous cherchant quelque emploi avantageux et solide. Comptez sur ma discrétion, comptez sur toute la bonne volonté de Mme Diderot. Nous y ferons tous les deux de notre mieux. Envoyez en même temps votre extrait baptistaire, si vous l'avez ; ou dites-nous sur quelle paroisse vous avez été baptisée, afin qu'on puisse se pourvoir de cette pièce qui constate votre âge et vos surnoms [2].

Il n'y a presque aucune fortune particulière qui ne soit suspecte, et il m'a semblé que, dans les plus grands bouleversements des finances, le roi avait toujours respecté les rentes viagères constituées sur lui. Je donnerais donc la préférence au roi, à moins que vous ne soyez d'une autre opinion. Mais je vois avec plaisir par votre lettre du jour de l'an que ce projet de vous assurer quelque revenu à tout événement, quoiqu'il soit bien sage, n'est point le tour de tête d'un bon moment, et que vous y persistez. Je vous en fais mon compliment ; nous voilà donc tout prêts à vous servir, et moi en mon particulier un peu soulagé du reproche que je me faisais d'avoir peut-être donné lieu, par mon silence et mon délai, à la dissipation de votre argent, et rendu inutile une des meilleures vues que vous ayez eues. Détachez-vous donc promptement de cet argent, qui est certainement dans les mains les moins sûres que je connaisse : les vôtres. Si je ne le tiens pas avant un mois d'ici, je ne compterai sur rien.

La mère et l'enfant [1] sont infiniment sensibles à vos souhaits et à votre éloge ; elles seront très heureuses toutes les fois qu'elles apprendront quelque chose d'agréable de vous. Vous savez, pour moi, que si l'intérêt que je prends à vos succès, à votre santé, à votre considération, à votre fortune, pouvait servir à quelque chose, il n'y aurait sur aucun théâtre du monde aucune femme plus honorée, plus riche et plus considérée. Notre scène française s'appauvrit de jour en jour ; malgré cela, je ne vous invite pas encore à reparaître ici. Il semble que ce peuple devienne d'autant plus difficile sur les talents, que les talents sont plus rares chez lui. Je n'en suis pas étonné ; plus une chose distingue, plus on a de peine à l'accorder.

L'Impératrice de Russie a chargé quelqu'un ici de former une troupe française ; aurez-vous le courage de passer à Pétersbourg [1] et d'entrer au service d'une des plus étonnantes femmes qu'il y ait au monde ? Réponse là-dessus.

Je vous salue et vous embrasse de tout mon cœur. Sacrifiez aux grâces, et étudiez surtout la scène tranquille ; jouez tous les matins, pour votre prière, la scène d'Athalie avec Joas ; et, pour votre prière du soir, quelques scènes d'Agrippine avec Néron. Dites pour bénédicité la scène première de Phèdre et de sa confidente, et supposez que je vous écoute. Ne vous maniérez point, surtout. Il y a du remède à l'empesé, au raide, au rustique, au dur, à l'ignoble ; il n'y en a point à la petite manière ni à l'afféterie. Songez que chaque chose a son ton. Ayez quelquefois de l'emphase, puisque le poète en a. N'en ayez pas aussi souvent que lui, parce que l'emphase n'est presque jamais dans la nature ; c'en est une imitation outrée. Si vous sentez une fois que Corneille [2] est presque toujours à Madrid et presque jamais dans Rome, vous rabaisserez souvent ses échasses par la simplicité du ton, et ses personnages prendront dans votre bouche un héroïsme domestique, uni, franc, sans apprêt, qu'ils n'ont presque jamais dans ses pièces.

Si vous sentez une fois combien la poésie de Racine est harmonieuse, nombreuse, filée, chantante, et combien le chant cadencé s'accorde peu avec la passion qui déclame ou qui parle, vous vous étudierez à nous dérober son extrême musique ; vous le rapprocherez de la conversation noble et simple, et

vous aurez fait un grand pas, un pas bien difficile.
Parce que Racine fait toujours de la musique,
l'acteur se transforme en un instrument de musique ;
parce que Corneille se guinde sans cesse sur la pointe
des pieds, l'acteur se dresse le plus qu'il peut ; c'est-à-
dire qu'on ajoute au défaut des deux auteurs. C'est le
contraire qu'il fallait faire.

Voilà, mademoiselle, quelques préceptes que je
vous envoie en étrennes. Bons ou mauvais, je suis sûr
qu'ils sont neufs ; mais je les crois bons. Garrick me
disait un jour qu'il lui serait impossible de jouer un
rôle de Racine[1] ; que ses vers ressemblaient à de
grands serpents qui enlaçaient un acteur et le ren-
daient immobile. Garrick sentait bien et disait bien.
Rompez les serpents de l'un ; brisez les échasses de
l'autre.

VIII

[Juin ou juillet 1767[2]]

J'apprends, mademoiselle, tous vos succès avec le
plus grand plaisir. Mais en cultivant votre talent,
tâchez aussi d'avoir des mœurs.

Je n'ai point fait la commission en livres que vous
m'aviez donnée, parce que j'ai toujours attendu que
M. Dumolard me remît des fonds, ce qu'il ne se
presse pas de faire. Je suis tellement accablé d'affaires, que je suis forcé de vous écrire à Varsovie,
comme si vous demeuriez à quatre pas de chez moi.

Mon respect à Mme votre mère[3]. Encore une
fois, ce n'est pas assez que d'être grande actrice, il

faudrait encore être honnête femme ; j'entends comme les femmes le sont dans les autres états de la vie. Cela n'est pas bien rigoureux. Songez quelquefois à l'étrange contraste de la conduite de l'actrice avec les maximes honnêtes dispersées de temps en temps dans son rôle.

Un rôle honnête fait par une actrice qui ne l'est pas me choque presque autant qu'un rôle de fille de quinze ans fait par une femme de cinquante.

Bonjour, mademoiselle, portez-vous bien et comptez toujours sur mon amitié.

IX

Paris, ce 21 février 1768.

J'ai reçu, mademoiselle, et votre lettre et celle qui servira à arranger votre compte avec M. Dumolard, et votre certificat de vie et la procuration très ample que vous m'accordez pour traiter de vos affaires, et la lettre de 12 000 francs sur MM. Tourton et Baur [1]. Comme cette lettre est à un mois et demi d'échéance, cela me donnera le temps de me retourner et de préparer un emploi sûr de votre argent.

Vous êtes bien plus sage que je ne vous croyais, et vous me trompez bien agréablement. Je savais que le cœur était bon ; pour la tête, je ne pensais pas que femme au monde en eût jamais porté sur ses épaules une plus mauvaise. Me voilà rassuré sur l'avenir. Quelque chose qui puisse vous arriver, vous avez pourvu, pour vous et pour votre mère, aux besoins pressants de la vie.

Je verrai M. Dumolard incessamment. Je souhaite que notre entrevue se passe sans aigreur. J'en doute. Je ne prononce rien sur la droiture de M. Dumolard, mais je ne puis faire un certain cas d'un homme qui divertit à son propre usage un argent qui ne lui appartient pas. Ninon, manquant de pain, n'aurait pas fait ainsi.

Je me hâte de vous tranquilliser, hâtez-vous de me répondre sur les propositions que je vous fais au nom de M. Mitreski, chargé de former ici une troupe. Je me sers des mots propres et vous savez par le cas que je fais des grands talents en quelque genre que ce soit, que mon dessein n'est pas de vous humilier.

Si j'avais l'âme, l'organe et la figure de Quinault-Dufresne, demain je monterais sur la scène, et je me tiendrais plus honoré de faire verser des larmes au méchant même[1], sur la vertu persécutée, que de débiter dans une chaire, en soutane et en bonnet carré, des fadaises religieuses qui ne sont intéressantes que pour les oisons qui les croient. Votre morale est de tous les temps, de tous les peuples, de toutes les contrées ; la leur change cent fois sous une très petite latitude. Prenez donc une juste opinion de votre état ; c'est encore un des moyens d'y réussir. Il faut d'abord s'estimer soi-même et ses fonctions. Il est difficile de s'occuper fortement d'une chose qu'on méprise. J'aime mieux les prédicateurs sur les planches que les prédicateurs dans le tonneau.

Voyez les conditions que l'on vous propose pour la cour de Pétersbourg. Pour appointements, 1 600 roubles, valant en argent de France 8 000 francs ; pour aller, 1 000 pistoles ; autant pour revenir. On se fournit les habits à la française, à la romaine et à la

grecque ; ceux d'un costume extraordinaire se prennent au magasin de la cour. On s'engage pour cinq
ans. Il y a carrosse pour le service impérial seulement. Les gratifications sont quelquefois très fortes ;
mais il faut, comme partout ailleurs, les mériter.
Qu'aussitôt ma lettre reçue vous m'instruisiez de vos
desseins, et que M. Mitreski sache s'il doit ou ne doit
pas compter sur vous.

Au cas que les 8 000 francs et le reste vous
conviennent, faites deux lettres, à huit jours de date
l'une de l'autre, dans l'une desquelles vous demande-
rez plus qu'on ne vous offre, et dans la seconde vous
accepterez les offres qu'on vous a faites ; envoyez-les
toutes les deux à la fois. Je ne produirai d'abord que
la première. Surtout expliquez-vous clairement ; ni
M. Mitreski ni moi n'avons rien pu comprendre aux
précédentes.

Bonjour, mademoiselle, vous voilà en bon train ;
persistez. Je ferai pour l'avancement de vos affaires
ici tout ce qui dépendra de moi.

DIDEROT.

X

À Paris, ce 6 avril 1768.

Ne vous arrêtez à Strasbourg que le moins que
vous pourrez, mademoiselle ; vos affaires demandent
ici votre présence.

J'ai reçu tout ce que vous m'avez envoyé. Je vous
fais passer ces deux lettres qui vous auraient attendue

ici trop longtemps. Je laisse en repos le Dumolard, avec lequel vous serez la maîtresse d'en user comme il vous plaira. Le sieur Baur n'ira pas en avant sans m'avoir vu.

J'espère qu'après-demain au plus tard votre argent sera placé. Je n'ai pu faire plus de diligence, parce que les rentes viagères sur le roi étaient fermées quand j'ai reçu vos fonds.

J'ai laissé en l'air votre poursuite contre la cour de Saxe[1]. Ce n'est pas que je n'aie bien pressenti vos vues ; mais je crains que vous ne fassiez en ceci une fausse démarche, peut-être une folie qui vous attirerait à Paris un traitement encore plus fâcheux qu'à Dresde. Il ne faudrait qu'une plainte de l'ambassadeur à la cour de France. Vous n'avez pas bien pesé les choses.

Ce n'est point mauvaise volonté de la part de Mme Diderot, ni aucun éloignement à vous obliger en tout ; mais son avis, qui me paraît bon, c'est que vous logiez un mois en hôtel garni ; que là vous déposiez vos effets, et que vous vous donniez le loisir de chercher un appartement qui vous convienne ; parti forcé par le moment, le terme de Pâques étant passé.

Je vous écris à la hâte. Je suis désolé de votre aventure ; mais vous arrivez, nous nous verrons et nous consulterons sur vos affaires.

Bonjour, mademoiselle.

Un mot encore. Ce n'est pas s'annoncer favorablement aux comédiens français que de faire liaison avec Aufresne[2], qui s'est séparé d'eux mécontent. Songez à cela.

Portez-vous bien et arrivez.

XI

À Paris, ce 11 juillet 1768.

Vous ne me persuaderez jamais, jamais, mademoiselle, que vous n'ayez pas attiré vous-même le désagrément qui vous est arrivé sur la route. Quand on veut être respectée des autres, il faut leur en donner l'exemple par le respect qu'on se porte à soimême.

Vous avez commis une autre indiscrétion, c'est d'avoir donné à cette aventure de la publicité par une poursuite juridique. Ne concevez-vous pas que c'est une nouvelle objection que vos ennemis ne manqueront pas de vous faire, si, par des événements qu'il est impossible de prévoir, vous étiez malheureusement forcée à revenir à votre état ? Et puis, vous vous réclamez de moi dans une circonstance tout à fait scandaleuse. Mon nom prononcé devant un juge ne peut alors donner meilleure opinion de vous et ne peut que nuire à la bonne opinion qu'on a de moi.

J'ai touché les deux cents livres de votre pension sur le roi[1]. M. de Van Eycken[2] a payé le billet tiré sur lui, et M. Baur a accepté la lettre de change que vous savez. J'ai donc entre les mains une bonne somme d'argent, dont je disposerai comme il vous plaira. J'ai aussi le portrait de M. le comte et la copie du vôtre.

Surtout, mademoiselle, ne parlez point de cet argent à Mme votre mère. La pension que vous lui avez assignée lui sera exactement payée ; mais si elle me savait en fonds, dissipatrice comme elle l'est nous en serions perpétuellement harcelés, et bientôt il vous resterait peu de chose. J'attends toujours qu'on expédie le contrat de vos rentes viagères constituées sur le roi. Cela ne peut plus guère souffrir de délai. Il m'est impossible de faire vos affaires si vous ne me faites expédier par-devant l'homme public une procuration dont je vous envoie le modèle. Veillez donc à cela sans délai.

L'hôtesse de l'hôtel de la rue Saint-Benoît prétendait obliger votre mère à rester trois mois. Il y a eu un procès que nous avons gagné.

Soyez sage, soyez honnête, soyez douce ; une injure répondue à une injure faite sont deux injures, et l'on doit être plus honteux de la première que de la seconde. Si vous ne travaillez pas sans relâche à modérer la violence de votre caractère, vous ne pourrez vivre avec qui que ce soit ; vous serez malheureuse ; et personne ne pouvant trouver le bonheur avec vous, les sentiments les plus doux qu'on aura conçus pour vous s'éteindront et l'on s'éloignera d'une belle furie dont on s'ennuiera d'être tourmenté. Deux amants qui s'adressent des propos grossiers s'avilissent tous les deux.

Regardez toute querelle comme un commencement de rupture. À force de détacher des fils d'un câble, quelque fort qu'il soit, il faut qu'il se rompe. Si vous avez eu le bonheur de captiver un homme de bien, sentez-en tout le prix ; songez que la douceur, la patience, la sensibilité sont les vertus propres de la femme, et que les pleurs sont ses véritables armes. Si vos yeux s'allument, si les muscles de vos joues et de votre cou se gonflent, si vos bras se raidissent, si les accents durs de votre voix s'élèvent, s'il sort de votre bouche des propos violents, des mots déshonnêtes, des injures grossières ou non, vous n'êtes plus qu'une femme de la halle, une créature hideuse à voir, hideuse à entendre, vous avez renoncé aux qualités aimables de votre sexe, pour prendre les vices odieux du nôtre.

Il est indigne d'un galant homme de frapper une femme ; il est plus mal encore à une femme de mériter ce châtiment. Si vous ne devenez pas meilleure, si tous vos jours continuent à être marqués par des folies, je perdrai tout l'intérêt que je prends à vous.

Présentez mon respect à M. le comte. Faites son bonheur, puisqu'il se charge du vôtre.

XII

À Paris, ce 16 juillet 1768[1].

Vous avez écrit à Mme votre mère une lettre aussi dure que peu méritée. Elle a gagné son procès. La Brunet ne me paraît pas une femme trop équitable. J'ai touché la pension sur le roi. J'ai reçu deux lettres de change de M. Fischer. L'une de 1 373 l. 18 s. 6 d. sur MM. Tourton et Baur ; elle est acceptée et sera payée le 9 du mois prochain. L'autre, de 2 376 l. 1 s. 6 d. sur M. de Van Eycken, qui est payée. Ces deux sommes font celle de 3 750 l. qui répondent à mille écus de Saxe.

Je ferai faire votre bracelet par un M. Belle[2], de mes amis, dont je réponds pour le travail et pour la probité. Mais deux choses : l'une, c'est que le portrait est de beaucoup trop grand et qu'il en faudra supprimer presque jusqu'au chapeau, ce qui ne nuira à rien ; l'autre, c'est que l'entourage du portrait et celui du chiffre seront bien mesquins en n'y mettant que cent louis. L'artiste qui ne demande ni à vendre ni à gagner prétend que, pour que ces bracelets soient honnêtes, il y faut consacrer 3 000 l. (ou mille écus). En ce cas, voyez ce que vous avez à faire.

Faites-moi réponse là-dessus, et présentez mon respect à M. le comte. Tâchez, pour Dieu, de ne faire aucune folie ni l'un ni l'autre, si vous ne voulez pas en être châtiés l'un par l'autre. Aimez-vous paisiblement, et ne pervertissez pas la nature et la fin d'une passion qui est moins précieuse par les plaisirs qu'elle nous donne que par les maux dont elle nous console.

Si vous vous déterminez à dépenser mille écus à vos bracelets, il me restera 750 l., dont je disposerai comme il vous plaira.

Soyez bien aimable, bien douce surtout, et bien honnête. Tout cela se tient. Si vous négligez une de ces qualités, il sera difficile que vous ayez bien les deux autres [1].

XIII

À Paris, ce 10 septembre 1768 [2].

Mademoiselle,

Je ne saurais ni vous approuver ni vous blâmer de votre raccommodement avec M. le comte. Il est trop incertain que vous soyez faite pour son bonheur, et lui pour le vôtre. Vous avez vos défauts, qu'il n'est jamais disposé à vous pardonner ; il a les siens, pour lesquels vous n'avez aucune indulgence. Il semble s'occuper lui-même à détruire l'effet de sa tendresse et de sa bienfaisance. Je crois que, de votre côté, il faut peu de chose pour ulcérer votre cœur et vous porter à un parti violent. Aussi je ne serais pas étonné qu'au moment où vous recevrez l'un et l'autre ma belle exhortation à la paix, vous ne fussiez en pleine guerre. Il faut donc attendre le succès de ses promesses et de vos résolutions. C'est ce que je fais, sans être indifférent sur votre sort.

J'ai reçu votre procuration ; elle est bien. Il me faut à présent un certificat de vie, légalisé. Ne différez pas d'un instant à me l'envoyer. Je vous enverrai, par la voie que vous m'indiquerez, le portrait et les lettres de M. le comte. Cela serait coûteux par la poste.

À la lecture de la défense que vous faites à votre mère de rien prendre sur les sommes dont je suis dépositaire, elle en est tombée malade. En effet, que voulez-vous qu'elle devienne ? et que signifie cette pension annuelle de quinze cents francs que vous prétendez lui faire, si vous en détournez la meilleure partie à votre usage ? Si vous n'y prenez garde, il n'y aura de votre part qu'une ostentation qui ne tirera pas votre mère du malaise. Il ne s'agit que de calculer un peu pour vous en convaincre et vous amener à de la raison, si vous avez réellement à cœur le bonheur de votre mère. Lisez ce qui suit avec attention :

Payé pour Mme Jodin à la Brunet,
pour loyer et frais de procédure   216 l.
à l'épicier   27 l. 10 s
à la Propice   15 l.

pour le souper de la veille du départ de Mlle sa fille	6 l. 12 s
à la Brunet, pour blanchissage de blouses	1 l. 10 s
pour le raccommodage des hardes de Michel	1 l. 10 s
pour dépenses nécessaires, savoir rideaux	24 l.
pour tablettes et emplacement d'armoires	24 l.
pour déménagement	10 l.
pour pincettes, chenets et table	25 l. 10 s
pour chandeliers de cuisine et mouchettes	5 l. 10 s
pour le loyer de la dame Laroche	11 l. 10 s
pour ports de lettres	4 l.
Total	374 l. 2.

Cela n'entretient, ne nourrit, ni ne blanchit.

La dame Jodin a reçu depuis le départ de Mlle Jodin sa fille, lors du départ de celle-ci, en argent 192 l.

La pension de ladite demoiselle 200 l.

de M. Roger 100 l.

Comme vos intentions m'étaient expliquées de la manière la plus précise, je l'ai renvoyée à votre réponse, qu'elle attend avec la plus grande impatience.

Je ne sais d'où vous vient cet accès de tendresse pour la Brunet, qui vous a déchirées toutes les deux chez le commissaire de la manière la plus cruelle et la plus malhonnête. Il n'y a rien de si chrétien que le pardon des injures.

Un avis que je me crois obligé de vous donner, c'est que votre femme de chambre est en correspondance avec la dame Brunet ; vous en ferez l'usage qu'il vous plaira.

Comme vous n'avez pas pensé à me marquer votre adresse à Bordeaux, je vous écris à tout hasard.

Autre chose ; il n'y a plus de rentes viagères sur le roi ; mais si votre argent était prêt, je le placerais à 6 pour cent sur des fermiers généraux, et le fonds vous resterait.

C'est un service que je pourrais aussi rendre à M. le comte, mais il n'y aurait pas un moment à perdre.

Je vous salue, mademoiselle. Je vous prie de présenter mon respect à M. le comte.

Je voudrais bien vous savoir heureux l'un et l'autre. Je n'ai pas le temps de moraliser. Il est une heure passée, il faut que cette lettre soit à la grande poste avant qu'il en soit deux.

Votre procuration n'est pas en règle. J'ai mis en marge les choses qu'il faut y intercaler. Ainsi, vous ferez rectifier celle-ci, ou vous en ferez faire une autre rectifiée, selon les deux notes marginales.

Voilà aussi la note pour votre certificat de vie, que vous joindrez à la nouvelle procuration que vous m'enverrez.

Donnez attention, mademoiselle, aux petits états de reçus et de dépenses que je vous envoie, et jugez là-dessus de ce que vous avez à faire pour Mme votre mère, qui est malade, inquiète, et dans un besoin pressant de secours.

Ainsi, point de délai sur tous les objets de ma

lettre ; et tâchez d'être sensée, raisonnable, circons-
pecte, et de profiter de la leçon du passé pour rendre
l'avenir meilleur.

XIV

21 novembre 1768[1].

Je vais, mademoiselle, répondre à vos deux dernières lettres. Je suis charmé que vos dernières
petites commissions aient été faites à votre gré. Je
n'ai point traité votre oncle trop durement. Tout
homme qui s'établira chez une femme, qui y boira,
mangera, qui en sera bien accueilli, et qui, au
moment où cette femme ne se trouvera plus en état
de lui rendre les mêmes bons offices, la calomniera,
la brouillera avec sa fille et l'exposera à tomber dans
l'indigence, est un indigne qui ne mérite aucun
ménagement. Ajoutez à cela le mépris qu'il a dû
m'inspirer par ses mensonges accumulés. Quand on
est assez méchant pour faire une noirceur, il ne faut
pas avoir la lâcheté de la nier.

Votre mère ne voit point, n'a point vu la dame
Travers ; elle n'a reçu de compagnie que celle que
votre oncle lui a donnée, et il est faux qu'elle soit
raccommodée avec lui. M. Roger, qui vous est
attaché, qui vous sert, qui ne demande pas mieux que
d'être utile à votre mère, également maltraité dans le
libelle de votre oncle, n'a eu que le ressentiment qu'il
devait avoir, et, à son âge, ressentir et se venger,
c'est presque la même chose. Bref, mademoiselle, je
ne saurais souffrir ces gens à ton mielleux et à
procédés perfides. Si vous eussiez donné un peu plus

d'attention à la lettre qu'il vous a écrite, vous y eussiez reconnu le tour platement ironique qui blesse plus encore que l'injure. On a fait toutes les démarches nécessaires pour préparer à sa fille un avenir moins malheureux ; il s'y est opiniâtrement refusé. Il a mieux aimé la garder et la sacrifier à ses prétendus besoins domestiques. Vous voilà quitte de ce côté, envers vous-même et envers votre nièce [1].

Vous avez un autre pauvre parent qui s'appelle Massé, qu'on dit honnête homme, et qui se recommande à votre commisération. Le secours le plus léger lui servirait infiniment. Voyez si vous voulez faire quelque chose pour lui ; ce sera une bonne action une fois faite. J'ai fait passer à votre oncle la dernière lettre que vous lui avez écrite, mais il me reste entre les mains un gros paquet à son adresse, que j'ai retenu jusqu'à ce que vous fussiez instruite de ses procédés, et que vous m'apprissiez l'usage que j'en devais faire. Vous ne m'avez rien répondu sur ce point, et le paquet tout cacheté est encore sur ma table, tout prêt ou à vous retourner ou à aller à votre oncle, comme vous le jugerez à propos.

Ne m'oubliez jamais auprès de M. le comte. Le meilleur moyen que j'ai de reconnaître ses marques d'estime, c'est de vous prêcher son bonheur. Faites tout, mademoiselle, pour un galant homme qui fait tout pour vous. Songez que vous êtes moins maîtresse de vous-même que jamais, et que la vivacité la plus légère et la moins déplacée serait ou prendrait le caractère de l'ingratitude. Il sent trop délicatement pour déparer ses bienfaits. Vous avez de votre côté un tact trop fin pour ne pas sentir combien votre position actuelle exige de ménagement. Une femme commune se croirait affranchie, et vous serez cette femme-là si vous ne concevez pas que c'est de cet instant tout juste que commence votre esclavage. Il peut y avoir des peines pour vous ; il ne doit plus y en avoir pour lui. Il a acquis le droit de se plaindre, même sans en avoir de motif. Vous avez perdu celui de lui répondre, même quand il a tort, parce qu'il vaut mieux souffrir, que de faire soupçonner son cœur.

J'ai reçu la lettre de vingt-deux mille francs sur Tourton et Baur. Ainsi soyez tranquille sur ce point. Je vais la faire accepter sur-le-champ, afin que ce soit de l'argent comptant, et que nous en ayons d'autant plus de marge pour l'emploi. Il sera bien difficile de placer sur le roi, et il y aura un grand danger à placer sur des particuliers. Quelque révolution qu'il arrive dans le gouvernement, les rentes viagères seront toujours respectées ; et personne ne connaît le fond des affaires particulières.

Je n'oserais approuver vos tentatives au théâtre. Je ne vois pas un grand avantage à réussir, et je vois un inconvénient bien réel à manquer de succès. Ce que vous perdrez dans l'esprit de M. le comte par le défaut de succès est bien au-dessus de ce que vous y gagnerez par des applaudissements. Mademoiselle, ne vous y trompez pas : malgré qu'il en ait, un refus du public ou du tripot fera effet sur lui. C'est ainsi que l'homme est bâti. Je ne suis point surpris de son ennui dans une ville où il y a si peu de convenances avec son cœur, son caractère et ses qualités personnelles. S'il m'offre l'occasion de lui être utile, vous ne doutez pas que je ne sois très heureux de la saisir. Tout ce que vous prévoyez de son sort me paraît bien

pensé, et je ne le dissimulerai pas. Au reste, je
garderai le silence sur tout ceci avec Mme votre
mère. Je n'insistais à placer sur sa tête et la vôtre, que
par une crainte qui nous aurait été commune : c'est
son pitoyable état dans le cas où elle aurait eu le
malheur de vous survivre. Mais puisque vous lui
voyez une planche assurée dans ce naufrage, je n'ai
plus rien à vous objecter, et les choses seront
arrangées selon votre désir.

Je vous salue et vous embrasse. L'ordre que vous
commencez à mettre dans vos affaires, et le coup
d'œil, le premier peut-être que vous avez jeté de
votre vie sur l'avenir, me donne bonne, meilleure
opinion de votre tête.

Soyez sage, et vous serez heureuse.

XV

À Paris, ce 10 févr. 1769.

Commençons, mademoiselle, par mettre vos
comptes en règle.

On a donné à madame votre mère pour son quartier dernier échu	250 l.
Antérieurement, pour acquitter ses dettes selon votre intention	500 l.
Nous avons ses quittances de	750 l.
D'où vous voyez qu'il me reste en argent qui vous appartient	240 l.

Votre dessein est que Mme votre mère jouisse annuellement de 1 500 l. Pour former ce revenu, elle a votre pension de 200 l., les 300 l. de solde, et 250 l. par quartier qu'elle vient toucher ici. Il est difficile de lui inspirer, à l'âge qu'elle a, l'esprit d'économie ; mais j'ai pris sur moi de lui certifier de votre part que, si elle se constituait dans de nouvelles dettes, vous ne les acquitteriez pas. Je ne vous accuse que 240 l. d'argent restant entre mes mains, parce qu'il m'a fallu prendre 3 000 l. et les ajouter aux 22 000 l. de la lettre de change sur Tourton Baur, pour parfaire un fonds de 25 000 l. qui, constitué sur les nouvelles rentes viagères émises par le Roi, vous fait une rente annuelle de 2 250 l.

De vos deux contrats de rentes viagères, l'un a été passé chez Dutartre, notaire, ou Piquet son successeur. La minute en est en dépôt dans cette étude. Vous en désirez une copie ou grosse. Il est, je crois, très facile de vous satisfaire, et j'y vais pourvoir à l'instant.

L'autre contrat sera passé chez Le Pot d'Auteuil ; mais entre le dépôt de l'argent au trésor royal et l'expédition du contrat, il se passe toujours un intervalle de temps plus ou moins long, ce qui n'empêche aucunement votre rente de 2 250 l. de courir. Aussitôt que ce nouveau contrat sera expédié, je ne manquerai pas d'en lever une copie ou grosse et de vous l'envoyer.

Quoi qu'il en soit, dormez tranquillement. Vos fonds sont en sûreté contre tout événement. Les actes qui vous en assurent le revenu sont consignés dans les archives publiques. Vous trouverez dès demain la minute de l'un chez Piquet, notaire successeur de Dutartre, et la minute de l'autre, quand elle existera, chez Le Pot d'Auteuil.

Au lieu des grosses, je vous délivrerais les originaux en parchemin si ces originaux ne m'étaient nécessaires. Il faut les avoir à la main pour se faire payer à l'Hôtel de Ville.

Je ne suis point étonné qu'étrangère aux affaires, vous ignoriez ces petits détails, que je ne saurais pas plus que vous si la gestion de vos affaires n'avait été pour moi une occasion de m'en instruire.

Ainsi, vous voilà suffisamment garantie contre tous les événements fâcheux de la vie. Vous êtes en jouissance d'un revenu honnête dont rien ne peut vous priver. Je sais très bien quelle est la vie que le bonheur et la raison devraient vous dicter ; mais je doute qu'il soit dans vos vues et votre caractère de vous y soumettre : plus de spectacle, plus de théâtre, plus de dissipations, plus de folies ; un petit appartement en bon air et en quelque recoin tranquille de la ville ; un régime sobre et sain ; quelques amis d'un commerce sûr ; un peu de lecture ; un peu de musique, beaucoup d'exercice et de promenade ; voilà ce que vous voudriez avoir fait lorsqu'il n'en sera plus temps.

Mais laissons cela ; nous sommes tous sous la main du destin qui nous promène à son gré, qui vous a déjà bien ballottée, et qui n'a pas l'air de vous accorder sitôt le repos. Vous êtes malheureusement un être énergique, turbulent, et l'on ne sait jamais où est la sépulture de ces êtres-là. Qui vous eût dit, à l'âge de quatorze ans, tous les biens et tous les maux que vous avez éprouvés jusqu'à présent, vous n'en auriez rien cru. Le reste de votre horoscope, si on pouvait vous l'annoncer, vous semblerait tout aussi incroyable, et cela vous est commun avec beaucoup d'autres.

Une petite jeune fille allait régulièrement à la messe en cornettes[1] plates, en mince et légère siamoise[2]. Elle était jolie comme un ange ; elle joignait au pied des autels les deux plus belles menottes du monde. Cependant un homme puissant la lorgnait, en devenait fou, en faisait sa femme. La voilà riche, la voilà honorée ; la voilà entourée de tout ce qu'il y a de plus grand à la ville, à la cour, dans les sciences, dans les lettres, dans les arts ; un roi la reçoit chez lui et l'appelle *maman*[3].

Une autre, en petit juste[4], en cotillon court, faisait frire des poissons dans une auberge ; de jeunes libertins relevaient son cotillon court par-derrière et la caressaient très librement. Elle sort de là ; elle circule dans la société, et subit toutes sortes de métamorphoses jusqu'à ce qu'elle arrive à la cour d'un souverain[5]. Alors toute une capitale retentit de son nom ; toute une cour se divise pour et contre elle ; elle menace les ministres d'une chute prochaine ; elle met presque l'Europe en mouvement. Et qui sait tous les autres ridicules passe-temps du sort ? Il fait tout ce qu'il lui plaît. C'est bien dommage qu'il lui plaise si rarement de faire des heureux.

Si vous êtes sage, vous laisserez au sort le moins de lisières que vous pourrez ; vous songerez de bonne heure à vivre comme vous voudriez avoir vécu. À quoi servent toutes les leçons sévères que vous avez reçues, si vous n'en profitez pas ? Vous êtes si peu maîtresse de vous-même ; entre toutes les marionnettes de la Providence, vous êtes une de celles dont elle secoue le fil d'archal[6] qui l'accroche, d'une manière si bizarre que je ne vous croirai jamais qu'où vous êtes, et vous n'êtes pas à Paris, et vous n'y serez peut-être pas sitôt.

Je viens de recevoir de Dresde une lettre de ce pauvre Michel. Je ne sais par quelle faute il peut vous avoir déplu ; mais il me paraît fort repentant de celle de vous avoir quittée. Il désirerait rentrer à votre service. Je vois qu'il vous était très attaché ; il avait l'air d'un bon diable ; il a femme et enfants ; il est dans la misère ; votre aventure à Dresde l'a rendu odieux ; tout le monde leur jette la pierre. Il est sur le pavé. Voyez ce que vous pouvez faire pour lui.

Il est bien honnête à vous de me proposer de me faire graver ; presque aussi honnête à vous qu'il serait vain à moi de l'accepter ; mais c'est une affaire faite. Un artiste [1] que j'avais obligé et qui m'estimait, me dessina, me fit graver et graver supérieurement, et m'envoya la planche avec une cinquantaine d'épreuves. Ainsi l'on vous a coupé l'herbe sous le pied.

Bonjour, mademoiselle, portez-vous bien. Usez de circonspection ; ne corrompez pas vous-même votre propre bonheur, et croyez que la vraie récompense de celui qui mérite de nous obliger est dans les petits services mêmes qu'il nous rend.

Je vous salue et vous embrasse. Faites agréer mon respect à M. le comte.

XVI

À Paris, ce 24 mars 1769[1].

Je vous suis infiniment obligé, mademoiselle, de l'énorme jambon que vous m'avez envoyé. Il ne sera pas mangé sans boire à votre santé avec Mme votre mère.

Présentez toujours mon respect à M. le comte.

Cultivez vos talents. Je ne vous demande pas les mœurs d'une vestale, mais celles dont il n'est permis à personne de se passer : un peu de respect pour soi-même.

Il faut mettre les vertus d'un galant homme à la place des préjugés auxquels les femmes sont assujetties.

Méfiez-vous de la chaleur de votre tête, qui sans cela vous mènera souvent trop loin ; et du premier mouvement de votre cœur facile, qui vous conseillera de bonnes actions indiscrètes.

Si vous vous donnez le temps de la réflexion, vous ne ferez jamais le mal, et vous ne ferez que le bien qui convient à votre situation. Vous ne serez jamais méchante, et vous serez bonne avec juste mesure.

Je prêche l'économie à votre mère, tant que je puis ; mais l'économie est entre les autres vertus une chose de caractère et d'habitude. Cela ne se prend pas en un moment.

Je viens d'écrire à M. du Vergier, premier commis au Trésor royal, pour qu'il mette le notaire Le Pot d'Auteuil en état de dresser votre dernier contrat.

Ce contrat dressé, je vous en enverrai une expédition, jointe à celle du premier.

Je ne vous ai supposé aucun souci, parce que je n'en ai point.

Je vous salue et vous embrasse de tout mon cœur.

XVII

À Paris, ce 11 mai 1769[1].

Mademoiselle,

J'ai reçu votre lettre de change de quatre mille francs ; et cette somme a été placée sur-le-champ. Vous en toucherez la rente à compter du premier de janvier de cette année.

Je suis charmé de vous voir des projets d'arrangements.

Le premier de vos contrats a été passé chez Dutartre, notaire, auquel Piquet a succédé.

Le second, chez Le Pot d'Auteuil.

Et ce dernier chez Regnaud.

Je veillerai à la rentrée de vos revenus.

Je suis bien aise que vous ayez débuté avec succès, car il n'y a guère que des applaudissements continus qui puissent dédommager de la fatigue et des dégoûts de votre état. Mon dessein n'est pas de vous décourager, ni de flétrir un moment heureux ; mais songez, mademoiselle, qu'il y a bien de la différence entre le public de Bordeaux et le public de Paris. Combien n'avez-vous pas entendu dire d'une femme qui chantait en société, et qui même chantait fort bien, qu'elle était au-dessus de la Le More[2] ? Quelle différence cependant, lorsque placées l'une à côté de l'autre sur les planches, on venait à les comparer. C'est ici, en scène avec Mlle Clairon ou Mlle Dumesnil que je voudrais que vous eussiez obtenu de notre parterre les éloges que l'on vous donne à Bordeaux. Travaillez donc. Travaillez sans cesse. Jugez-vous sévèrement. Croyez-en moins aux claquements de mains de vos provinciaux qu'au témoignage que vous vous rendrez à vous-même. Quelle confiance pouvez-vous avoir dans les acclamations de gens qui restent muets dans les moments où vous sentez vous-même que vous faites bien ; car je ne doute point que cela ne vous soit arrivé quelquefois. Perfectionnez-vous surtout dans la scène tranquille.

Ménagez votre santé. Faites-vous respecter ; montrez-vous sensible aux procédés honnêtes. Recevez-les, même quand ils vous seront dus, comme si l'on vous faisait grâce en vous les accordant. Mettez-vous au-dessus de l'injure, et n'y répondez jamais. Les armes de la femme sont la douceur et les grâces, et l'on ne résiste point à ces armes-là.

M. le duc d'Orléans ne prend rien à fonds perdu, même de ceux qui vivent dans son intimité.

Mlle et Mme Diderot sont tout à fait sensibles à vos succès et à votre souvenir.

Si vous recueillez une somme qui en vaille la peine, de la loterie de vos porcelaines, faites-la-moi passer sur-le-champ, afin qu'elle soit mise en valeur.

Je commence à me tranquilliser sur votre sort à venir.

Recevez mes souhaits et les assurances de ma très sincère amitié.

DIDEROT.

XVIII

À Paris, ce 15 juillet 1769.

Toutes vos affaires, mademoiselle, sont dans le meilleur ordre. N'ayez, je vous prie, aucune inquiétude sur la sûreté de vos fonds. J'en ai usé pour vous comme j'aurais fait pour moi-même ; et lorsque vous serez de retour à Paris, et que je vous remettrai vos titres, vous verrez que je me serais bien gardé d'aventurer une somme assez considérable sur la tête de ma fille, si cet emploi ne m'avait pas semblé plus avantageux et plus solide qu'aucun autre. N'écoutez pas les malintentionnés qui vous jettent du trouble, et dormez tranquillement. Pour que vous souffrissiez quelque chose, il faudrait que l'État se bouleversât de fond en comble. Jusqu'à présent les rentes viagères ont été sacrées ; le gouvernement n'ignore pas qu'il est dépositaire en cette partie de toute la fortune de ceux qui ont eu confiance en lui, et qu'en trompant cette confiance il réduirait un million de citoyens à la mendicité ; ce qu'il n'a jamais fait et ce qu'il ne fera point. C'est son intérêt ; c'est sous peine de ruiner absolument son crédit. Celui que j'avais chargé de toucher vos rentes a égaré votre certificat de vie. Aussitôt ma lettre reçue, ayez la bonté de m'en envoyer un autre. Le plus tôt sera le mieux. Mme Diderot vous prie de lui marquer le prix de la toile que vous avez envoyée à Mme votre mère.

Travaillez ; ne vous contentez pas de vos succès. Prêtez moins l'oreille à ceux qui vous applaudissent qu'à ceux qui vous critiquent. Les applaudissements vous laisseront où vous en êtes. Les critiques, si vous en profitez, vous corrigeront de vos défauts, et perfectionneront votre talent. Mettez à profit leur mauvaise volonté.

Adoucissez votre caractère violent. Sachez supporter une injure ; c'est le meilleur moyen de la repousser. Si vous répondez autrement que par le mépris, vous vous mettrez sur la même ligne que celui qui vous aura manqué. Surtout, mettez tout en œuvre pour vous rendre agréable à vos associés.

Je vous ai tant prêchée sur les mœurs, et ma morale est si facile à suivre, qu'il ne me reste plus rien à vous dire là-dessus.

Je vous salue et vous embrasse de tout mon cœur.

DIDEROT.

XIX

26 juillet 1769.

Votre certificat de vie m'est parvenu il y a trois jours, et j'ai déjà reçu les deux mille huit cents livres, montant de vos rentes. Je me suis empressé de remettre à Mme votre mère la somme que votre bon cœur lui a réservée, et j'ai rempli cet agréable mandat non sans y ajouter ma petite recommandation habituelle d'économie. Demain je vous ferai l'envoi des deux mille livres qui me restent.

Paris n'ignore point vos succès, et je crois à la sincérité des applaudissements que vous obtenez à

Bordeaux ; mais c'est ici, je le répète, que je voudrais voir les couronnes du parterre tomber à vos pieds.

Je vous renouvelle tous mes vieux sermons [1] et suis
Tout à vous,

DIDEROT.

XX

[? 1769 [2]]

Commençons, mademoiselle, par arranger nos comptes ; ensuite nous causerons d'autre chose :

J'ai reçu en deux billets de M. Fischer, l'un, sur MM. Tourton et Baur, de 1 373 *liv.* 18. 6 ; l'autre, sur M. d'Eguien, de 2 376 *liv.* 1. 6, la somme de 3 750 l.

Sur cette somme, j'ai avancé à Mme votre mère	100 l.	
Je lui ai donné pour son quartier	375 l.	
pour son loyer échu au 1er octobre	75 l.	
pour ses dettes au cordonnier, à la blanchisseuse, au boucher, au boulanger, à l'épicier, etc.	50 l.	
On a payé pour 12 aulnes de satin que vous avez demandées	117 l.	
pour 60 aulnes de dentelle noire	24 l.	
pour le grand bracelet et le cadenas, or : 1 once 1/2, 6 gros, à 90 l. l'once	96 l.	12
pour façon du bracelet	40 l.	
pour cristal	10 l.	
Somme totale	917 l.	12

Si l'on ôte cette dépense de 917 l. 12   3 750 l.
de la somme de 3 750 l. que j'avais   − 917 l. 12
_____
        il reste   2 832 l.   8

Ainsi, mademoiselle, vous voyez que la somme qui vous appartient et que j'ai encore entre mes mains n'est pas aussi petite que vous l'imaginez. Si vous la laissez s'accroître d'une quinzaine de cent livres que je toucherai sur la fin du mois de décembre, de votre rente viagère constituée sur le Roi, vos projets ne seront point dérangés.

Je n'ai pas remis au courrier ces deux mille huit cent trente-deux livres huit sols, parce que l'endroit de votre lettre où vous m'en parlez ne s'explique pas nettement là-dessus. Je ne sais si c'est seulement votre compte que vous me demandez, ou votre argent ; et, dans cette incertitude, j'ai cru qu'il valait mieux attendre le prochain voyage de ce courrier. Si votre intention est que je charge le courrier de ces deux mille huit cent trente-deux livres huit sols, marquez-le-moi précisément. Votre argent est un dépôt sacré que vous pouvez redemander en tout temps, sans aucun avis préliminaire. Il sera toujours tout prêt.

Je ne saurais vous dire combien je suis satisfait de la manière dont vous en usez avec Mme votre mère. Si vous étiez là, je vous embrasserais de tout mon cœur, car j'aime les enfants qui ont de la sensibilité et de l'honnêteté. Vous la mettez au courant de ses affaires ; quinze cents francs nets sont plus que suffisants pour lui faire une vie aisée. Je lui viens de déclarer même avec un peu de dureté qu'elle n'obtiendra rien, ni de vous ni de moi, au-delà de cette somme ; et que s'il arrive que, par mauvais arrangement, esprit de dissipation, ou autrement, elle se constitue dans de nouvelles dettes ; ce sera tant pis pour elle. J'espère qu'elle y regardera.

Votre oncle, permettez que je vous le dise, est un fieffé maroufle qui s'est mis en tête de la brouiller avec vous, du moment où on lui a déclaré qu'elle n'était plus en état de le nourrir. Il lui reproche des dépenses qu'elle n'a faites que pour lui ; des sociétés, ou qu'elle n'a point eues, ou qu'il lui a menées lui-même.

J'ai été profondément indigné de la lettre qu'il vous a écrite ; c'est un ingrat. Celle où il vous fait juge de ses procédés et de ceux de votre mère est un insolent persiflage qui ne mérite de votre part que le silence ou la réponse la plus verte. Il vint chez moi il y a quelques jours. Je lui reprochai la noirceur qu'il y avait à brouiller avec une fille une mère qui l'avait comblé d'amitié. Il s'en défendit ; il entassa mensonges sur mensonges. Je lui mis votre lettre, ou plutôt celle qu'il vous avait écrite, sous le nez ; il resta confondu. Il balbutia ; et tandis qu'il balbutiait, je le pris par les épaules et le chassai comme un gueux.

Nous avons reçu un assez gros paquet pour lui ; mais nous avons jugé à propos de ne le lui remettre qu'après vous l'avoir démasqué. Ayez donc pour agréable de nous réitérer vos intentions là-dessus.

Vous eûtes pitié de sa fille, votre nièce, et vous laissâtes des nippes, du linge et quelque argent pour faciliter son entrée dans un couvent. L'argent a été mangé, les nippes vendues, et la pauvre créature est sans vêtements, sans pain, sans ressource, exposée à mourir de faim dans une chambre où on l'enferme toute seule. Cet état misérable et les suites qu'il peut amener me déchirent l'âme.

Ce n'est pas le père, qu'il faut abandonner au sort qu'il mérite ; ce n'est pas la mère, qui ferme cruellement les yeux sur la misère de son enfant, qu'il faudrait soulager ; c'est cet enfant. Mademoiselle, faites une bonne action ; faites une action que vous puissiez vous rappeler toute votre vie avec satisfaction. Tendez la main à cet enfant. Il ne faut sacrifier à cela que ce qu'un domino un peu orné pourrait vous coûter pour un bal de parade. Privez-vous d'une partie de plaisir, d'un ajustement, d'une fantaisie coûteuse, et votre nièce vous devra la vie, l'honneur, le bonheur de sa vie.

Si vous joignez cette bonne action au bon procédé que vous avez avec votre mère, vous serez vraiment respectable à mes yeux ; plus respectable que bien des femmes fières de la régularité de leurs mœurs, et qui croient avoir tout fait quand elles se seront sauvées de la galanterie.

Présentez mon respect à M. le comte. Faites son bonheur, puisqu'il veut bien se charger de faire le vôtre. Je vous salue et vous embrasse de tout mon cœur.

DIDEROT.

Nous nous réjouirons toujours de vos succès.

J'ai remis à M. Deschamps un paquet contenant 12 aulnes de satin cramoisi, 60 aulnes de dentelle noire ; une doublure de taffetas rayé avec sa ouate, et le corsage de toile qui sert d'enveloppe au paquet.

Item, une petite boîte de bois renfermant le portrait en bracelet de M. le comte, avec l'agrafe. C'est le sieur Hardvillier qui a fait cet ouvrage, comme c'était votre intention.

P. S. — S'il faut que je vous envoie ce que j'ai d'argent à vous, envoyez-moi une quittance générale pour jusqu'à ce jour, afin que je me débarrasse des papiers superflus.

Bonjour, mademoiselle. Continuez d'être bienfaisante.

DOSSIER

CHRONOLOGIE
1713-1784

1713. Le 5 octobre, naissance à Langres de Denis Diderot, fils de Didier Diderot, maître coutelier, et d'Angélique Vigneron.

1723-1728. Études au collège des Jésuites de Langres. Tonsure en 1726. Denis Diderot quitte Langres pour Paris en 1728.

1732. Diderot, maître ès arts de l'Université de Paris. Il gagne sa vie en faisant divers métiers (clerc chez un procureur, précepteur, etc.).

1741. Il rencontre Anne-Toinette Champion, marchande de lingerie, trente et un ans, qu'il décide d'épouser. Refus de son père en 1743. Mariage secret en novembre de la même année. Le premier enfant du couple, Angélique, né en 1744, ne vivra qu'un mois.

1742. Il se lie avec Jean-Jacques Rousseau.

1746. Après avoir publié plusieurs traductions de l'anglais, Diderot fait paraître en juin sa première œuvre, les *Pensées philosophiques,* immédiatement condamnée par le Parlement. Rencontre de D'Alembert.
Son frère cadet, Didier-Pierre, est ordonné prêtre. Naissance de son fils François, qui mourra en 1750.

1747. En octobre, le libraire Le Breton le charge de la direction de l'*Encyclopédie,* avec d'Alembert. Il écrit *La Promenade du sceptique.*

1748. Diderot publie *Les Bijoux indiscrets,* roman libertin, des *Mémoires sur différents sujets de mathématiques,* une *Lettre au chirurgien Morand.* Mort de sa mère, en octobre.

1749.   *Lettre sur les aveugles à l'usage de ceux qui voient,* qui lui vaut d'être emprisonné pendant quatre mois à Vincennes.
Diderot se lie avec Grimm et d'Holbach.

1750.   *Prospectus* de l'*Encyclopédie.*
Naissance en octobre et décès accidentel en décembre de Denis-Laurent, troisième enfant des Diderot.

1751.   *Lettres sur les sourds et muets à l'usage de ceux qui entendent et qui parlent.*
En juillet, parution du premier tome de l'*Encyclopédie,* dont les volumes se succéderont à un rythme soutenu jusqu'en 1757 (tome VII).

1752.   Diderot prend part à la querelle des Bouffons (sur les mérites comparés des musiques française et italienne). Premières dissensions avec Rousseau.
Interdiction qui sera levée l'année suivante, des deux premiers tomes de l'*Encyclopédie.*

1753.   Naissance de Marie-Angélique, son dernier enfant. En décembre, *De l'interprétation de la nature.*

1755.   Début d'une longue collaboration avec la *Correspondance littéraire,* de Grimm.
Rencontre avec Sophie Volland : c'est le début d'une longue intimité.

1757.   En février, publication du *Fils naturel,* suivi de *Dorval et moi, Entretiens sur « le Fils naturel ».* Quelques représentations privées à l'hôtel de Noailles, à Saint-Germain.
À partir de mars, les relations entre Diderot et Rousseau se dégradent sensiblement : leur rupture sera publique en octobre de l'année suivante. Aggravation des attaques contre l'*Encyclopédie.* Palissot : *Petites lettres sur de grands philosophes.*

1758.   Publication du *Père de famille,* suivi du *Discours sur la poésie dramatique.*

1759.   En février, condamnation de l'*Encyclopédie* par le Parlement. Révocation du privilège en mars. En septembre, condamnation par Rome. Les éditeurs décident de poursuivre la publication : nouveau contrat.

En juin, mort du père de Diderot, à l'âge de soixante-quatorze ans.

En septembre, rédaction du premier *Salon* pour la *Correspondance littéraire.* Diderot continuera à rendre compte des salons de peinture et de sculpture, qui se tiennent un an sur deux, jusqu'en 1771. Dans la décennie suivante, il ne donnera plus que deux *Salons.*

1760. Diderot écrit *La Religieuse,* qui ne sera publiée qu'en 1796.

1761. Le 18 février, création du *Père de famille* à la Comédie-Française. Bon succès : sept représentations. La pièce sera reprise en 1769 et restera au répertoire jusqu'en 1839.

1762. *Éloge de Richardson.* Premières ébauches du *Neveu de Rameau.*

1764. Malgré son mécontentement à l'égard de Le Breton, qui a mutilé de nombreux articles de l'*Encyclopédie,* Diderot décide de mener l'entreprise à son terme.

En octobre, rencontre du grand comédien anglais Garrick.

1765. Diderot vend à Catherine II sa bibliothèque, dont il conserve la jouissance, contre 15 000 livres et une pension annuelle.

Il commence à travailler sur *Jacques le Fataliste.* En décembre, les dix derniers volumes (tomes VIII à XVII) de l'*Encyclopédie* sont prêts à être envoyés aux souscripteurs, qui les recevront dans les premiers mois de 1766.

1767. Diderot est élu membre de l'Académie impériale de Saint-Pétersbourg.

1769. Il écrit pendant l'été *Le Rêve de d'Alembert.* En l'absence de Grimm, il prend en charge la *Correspondance littéraire.*

1770. La *Correspondance littéraire* publie un article de Diderot sur « une brochure intitulée *Garrick ou les Acteurs anglais* », première version de ce qui deviendra le *Paradoxe sur le comédien.* En août, *Les Deux Amis de Bourbonne.*

1771. *Principes philosophiques sur la matière et le mouve-*
       ment.
       Le 26 septembre, unique représentation du *Fils naturel*
       à la Comédie-Française.
1772. *Ceci n'est pas un conte; Madame de la Carlière.*
       En septembre, mariage de Marie-Angélique, fille de
       Diderot, avec Caroillon de Vandeul, maître de forges.
1773. *Supplément au voyage de Bougainville.* Diderot
       achève, pour l'essentiel, le *Paradoxe sur le comédien,*
       qui ne sera publié qu'en 1830.
       Séjour à La Haye (juin-août); départ le 20 août pour
       Saint-Pétersbourg, où il séjourne d'octobre à mars
       1774.
1774. Après un nouvel arrêt à La Haye, Diderot regagne
       Paris le 21 octobre.
       Il écrit une *Réfutation d'Helvétius.*
1776. Parution de l'*Entretien d'un philosophe avec la Maré-*
       chale de ***.
1776-1777. Diderot fait de longs séjours à Sèvres, où il
       prépare notamment l'édition de ses œuvres complètes.
       En juin 1777, il écrit une comédie, *La Pièce et le*
       Prologue, qui deviendra *Est-il bon? Est-il méchant?,*
       en 1781 ou 1782.
1778. Il achève l'*Essai sur la vie de Sénèque,* première
       version de l'*Essai sur les règnes de Claude et de Néron*
       (1779), remanie le *Paradoxe,* publie *Jacques le Fataliste*
       dans la *Correspondance littéraire* (de novembre 1778 à
       juin 1780).
       En mai, mort de Voltaire, en juillet de Rousseau.
1781. En septembre, le neuvième et dernier *Salon.*
1783. Mort de Mme d'Épinay, son amie depuis trente ans.
       Mort de d'Alembert.
1784. En février, mort de Sophie Volland. Diderot, qui s'est
       mal remis d'une attaque d'apoplexie, meurt le 31 juil-
       let, et il est inhumé le lendemain en l'église Saint-
       Roch.
       Sa bibliothèque et ses manuscrits sont envoyés à Saint-
       Pétersbourg, comme il avait été stipulé en 1765.

NOTICES

PARADOXE SUR LE COMÉDIEN

C'est vers le milieu du XVIIIe siècle que s'esquisse un nouveau discours théorique en matière de théâtre, concernant l'art du comédien. D'entrée de jeu, le débat se polarise sur la question de la sensibilité de l'interprète, au moment où il investit le personnage qu'il est appelé à incarner. En 1747, en effet, paraît un ouvrage de Pierre Rémond de Sainte-Albine intitulé *Le Comédien,* où l'auteur fait l'éloge de ce qu'il appelle tour à tour les avantages de la nature, le feu, le sentiment, les entrailles, qui constitueraient selon lui l'essentiel du talent de l'acteur.

Trois ans plus tard, en 1750, Antoine-François Riccoboni (fils de Luigi, le grand Lelio de la Comédie-Italienne de Paris) publie un traité beaucoup plus technique, *L'Art du théâtre,* où il avance, pour la première fois peut-être, la théorie de l'insensibilité nécessaire à l'acteur et où il soutient contre Sainte-Albine que c'est « un malheur pour les comédiens de ressentir véritablement ce qu'ils doivent exprimer » : pour maîtriser la construction du personnage, il s'agit donc de contrôler d'abord le processus du jeu, en prenant garde de ne pas s'abandonner à l'illusion dramatique.

Mentionnons encore qu'un polygraphe anglais, John Hill, adapte le livre de Sainte-Albine dans *The Actor,* qu'il publie en 1750 et dont il donne en 1755 une nouvelle version, illustrée de nombreux exemples empruntés au théâtre de son pays.

Tout laisse à croire, à commencer par les déclarations que

Diderot fera ultérieurement à ce sujet, que le Philosophe n'a pas été informé de cette polémique ou qu'il n'y a guère prêté attention. Il ne la prend en compte ni dans les *Entretiens sur « le Fils naturel »*, ni dans le *Discours sur la poésie dramatique* (1757 et 1758). En 1766 encore, dans les conseils qu'il prodigue à la comédienne Jodin, il note : « Un acteur qui n'a que du sens et du jugement est froid ; celui qui n'a que de la verve et de la sensibilité est fou. »

Puis, en 1769, se produit chez Diderot une sorte de déclic : alors qu'il sortait à peine de la première rédaction du *Rêve de d'Alembert,* où il avait jeté les bases d'une nouvelle théorie de la sensibilité, Grimm lui donne à lire, pour compte rendu, un ouvrage qui vient de paraître, prétendument traduit de l'anglais par un acteur italien de Paris, Antonio Sticotti, et intitulé *Garrick ou les Acteurs anglais.* Nous savons aujourd'hui que Sticotti s'est étroitement inspiré du livre de Sainte-Albine, revu et « anglicisé » par John Hill, jusqu'à le démarquer purement et simplement en de nombreux endroits. Diderot s'enflamme aussitôt, et il écrit à Grimm le 14 novembre 1769 : « J'ai jugé tous ces gredins que vous m'avez envoyés. Celui intitulé *Garrick ou le jeu théâtral* [*sic*] m'a fait faire un morceau qui mériterait bien d'être mis dans un meilleur ordre [...]. Avec un peu de soin, je n'aurais peut-être jamais rien écrit où il y eût plus de finesse et de vue. C'est un beau paradoxe. Je prétends que c'est la sensibilité qui fait les comédiens médiocres ; l'extrême sensibilité les comédiens bornés ; le sens froid et la tête, les comédiens sublimes. » L'article de Diderot paraîtra dans les livraisons de la *Correspondance littéraire* du 15 octobre et du 1ᵉʳ novembre 1770. Et ces *Observations sur une brochure intitulée « Garrick ou les Acteurs anglais »* sont, à n'en pas douter, la première amorce du *Paradoxe sur le comédien.*

En effet, le sujet ici abordé ne va plus quitter Diderot. En août 1773, il informe Mme d'Épinay qu'un « certain pamphlet sur l'art de l'acteur est presque devenu un ouvrage ». Il y revient encore en 1777-1778 pour revoir et compléter son texte, et peut-être même une dernière fois un peu plus tard, mais le *Paradoxe* ne sera livré au public qu'en 1830, d'après une première transcription du manuscrit trouvé dans la collection de l'Ermitage, à Saint-Pétersbourg.

Deux autres manuscrits du *Paradoxe* sont conservés dans le fonds Vandeul et dans le fonds Naigeon. C'est le texte du manuscrit de Saint-Pétersbourg que nous publions ici, avec quelques leçons empruntées aux deux autres. Pour les ouvrages cités dans cette notice, on se reportera à notre bibliographie.

LETTRE À MADAME RICCOBONI

Diderot, on le sait, a toujours aimé susciter la contradiction et frotter ses idées à la critique d'autrui, pour mieux assurer ses raisonnements et aller de l'avant dans le cours de sa propre pensée. Parmi les interlocuteurs qu'il a choisis en 1758, lors de la publication du *Père de famille* et du *Discours de la poésie dramatique,* il y a Mme Riccoboni, actrice à la Comédie-Italienne, mais surtout femme d'esprit et romancière de talent : « cette femme, écrit-il dans le *Paradoxe* (p. 102), une des plus sensibles que la nature ait formées, a été une des plus mauvaises actrices qui aient jamais paru sur la scène. Personne ne parle mieux de l'art, personne ne joue plus mal. »

Qui est-elle, plus précisément ? Marie-Jeanne de Mézières (1714-1792) a fait ses débuts à vingt ans à la Comédie-Italienne, dans une pièce de Marivaux. Mariée à Antoine-François Riccoboni en 1735 et bientôt séparée de lui, elle entreprend une carrière de romancière sans rompre tout à fait avec la scène : après avoir écrit une suite à la *Vie de Marianne,* laissée inachevée par Marivaux, elle publie plusieurs romans, qui rencontrent un vrai succès, comme *Lettres de miss Fanny Butler* en 1757, et *Histoire du marquis de Crécy,* en 1758 ; au moment où elle correspond avec Diderot, elle vient d'achever un nouveau roman épistolaire, *Lettres de milady Juliette Catesby,* qui paraîtra en 1759.

Mme Riccoboni écrit donc le 18 novembre 1758 au Philosophe, qui lui avait apparemment promis de lui soumettre son *Discours* avant de le publier, en se proposant, lui dit-elle, de justifier les comédiens sur quelques points où il leur a attribué « des défauts qu'ils n'ont pas » et, plus perfidement, en soulignant que tout l'esprit de Diderot ne l'empêche pas d'ignorer « les petits détails d'un art qui comme tous les autres a sa main-d'œuvre ».

À la missive relativement courte de Mme Riccoboni, Diderot va répondre dès le 27 novembre, en reprenant point par point toutes les remarques de sa correspondante : sa lettre prend ainsi l'allure d'un dialogue à distance, conduit avec la chaleur et la liberté qu'on trouve dans les entretiens avec Dorval. Il prend soin, au demeurant, de rendre public cet échange en éditant dans la *Correspondance littéraire* du 1er décembre 1758 la lettre de Mme Riccoboni et sa propre réponse.

LETTRES À MADEMOISELLE JODIN

Diderot a eu l'occasion, tout au long de sa carrière, de fréquenter des comédiens et des comédiennes de renom, mais voici qu'un hasard de la vie l'amène, à partir de 1761, à suivre le parcours et la conduite d'une jeune actrice, Marie-Madeleine Jodin, dont il décide de guider les pas aussi attentivement que s'il était son tuteur légal.

Née à Paris en 1741, Madeleine était en effet la fille unique d'un ami de Diderot, Jean Jodin, horloger de talent et collaborateur de l'*Encyclopédie*. Ce citoyen de Genève, issu d'une famille protestante de Blois émigrée au début du siècle, était venu s'installer en France en 1733, à l'âge de vingt ans. Inventeur d'une horloge à deux balanciers, il s'était intéressé, tout comme son confrère Caron de Beaumarchais, au problème de l'échappement des montres, et il avait publié à ce sujet, en 1754, un mémoire violemment critiqué par l'astronome Lalande. Jean Jodin mourut à Saint-Germain-en-Laye, en 1761, à peine âgé de quarante-huit ans, et tout se passe comme si, à défaut d'avoir pu établir Diderot juridiquement comme subrogé tuteur de Madeleine, il avait confié sa fille à son ami au moment de mourir.

Sur les débuts de la jeune femme, nous ne savons rien. Son histoire commence pour nous en août 1765, au moment où Diderot lui adresse sa première lettre : elle vient alors de quitter Paris pour se faire engager dans une troupe française en

Pologne. Et c'est jusqu'à son retour définitif dans la capitale, sans doute à l'automne 1769, que nous pourrons suivre son parcours à travers la correspondance que Diderot entretient avec elle. À partir de là, les informations dont nous disposons sur elle se font de nouveau rares : engagée en 1774 au théâtre d'Angers, elle se dispute avec son imprésario, contre qui elle engage victorieusement un procès. Abandonne-t-elle alors la scène pour toujours ? C'est probable.

En 1790, enfin, la cinquantaine presque venue, la protégée de Diderot publie une brochure ardemment féministe, intitulée *Vues législatives sur les femmes adressées à l'Assemblée nationale par Mlle Jodin, fille d'un citoyen de Genève* (Mame, Angers). Cet opuscule porte une dédicace : *À mon sexe.* Et il a pour épigraphe : *Et nous aussi nous sommes citoyennes.*

Nous publions les lettres de Diderot à Mlle Jodin telles qu'elles ont été établies dans l'édition Roth et Varloot de la *Correspondance* : nous avons toutefois modernisé orthographe et ponctuation.

BIBLIOGRAPHIE

Œuvres de Diderot

Œuvres complètes, édition chronologique sous la direction de Roger Lewinter, 15 volumes, Club français du livre, 1969-1973.

Œuvres complètes, sous la direction d'Herbert Dieckmann, Jacques Proust et Jean Varloot, puis de Jean Varloot, Michel Delon, Georges Dulac et Roland Mortier, 21 volumes parus sur 33, Hermann, 1975-1994.

Correspondance, édition de Georges Roth et Jean Varloot, 16 volumes, Minuit, 1955-1970.

Œuvres esthétiques, édition de Paul Vernière, Garnier, 1959. Contient les *Entretiens sur « le Fils naturel »,* le *Discours sur la poésie dramatique,* le *Paradoxe sur le comédien,* l'*Éloge de Térence* et un choix significatif d'écrits de Diderot sur les questions d'esthétique.

Le Fils naturel et *Le Père de famille,* in *Théâtre du XVIIIᵉ siècle,* tome II, édition de Jacques Truchet, Gallimard, Bibliothèque de la Pléiade, 1974.

Le Fils naturel et les *Entretiens sur « le Fils naturel »,* édités par Jean-Pol Caput, Larousse, 1975.

Paradoxe sur le comédien, introduction et notes de Stéphane Lojkine, Armand Colin, 1992.

Paradoxe sur le comédien, édition de Jane Dieckmann, t. 20 des *Œuvres complètes,* Hermann, 1994.

Sur Diderot

Chouillet (Jacques) : *La Formation des idées esthétiques de Diderot,* Armand Colin, 1973.
Dieckmann (Herbert) : *Cinq leçons sur Diderot,* Genève, Droz, 1959.
Pomeau (René) : *Diderot, sa vie, son œuvre,* P.U.F., 1967.
Proust (Jacques) : *Lectures de Diderot,* Colin, Coll. U 2, 1974.
Scherer (Jacques) : *Le Cardinal et l'Orang-Outang,* essai sur les inversions et les distances dans la pensée de Diderot, SEDES, 1972.
Interpréter Diderot aujourd'hui, colloque de Cerisy, sous la direction d'Élisabeth de Fontenay et Jacques Proust, Le Sycomore, 1984.
Diderot et le théâtre, ouvrage collectif, collection « Grands dramaturges », Comédie-Française, 1984. De cet ouvrage, qui reproduit les plans et canevas des projets dramatiques de Diderot, assortis d'une bonne chronologie de ses écrits dans le domaine du théâtre, on retiendra surtout les quatre articles suivants :
Jean Starobinski, « L'accent de la vérité ».
Peter Szondi, « Denis Diderot : théorie et pratique dramatique ».
Jacques Chouillet, « Un théâtre en devenir ».
Jack Undank, « La boîte ouverte ou fermée de *Est-il bon ? Est-il méchant ?* ».

Autour du « Paradoxe sur le comédien »

Belaval (Yvon) : *L'Esthétique sans paradoxe de Diderot,* Gallimard, Bibliothèque des Idées, 1950.
Lacoue-Labarthe (Philippe) : « Diderot, le *Paradoxe* et la mimésis », in *Poétique,* n° 43, pp. 267-281, Le Seuil, 1980.
Tort (Patrick) : *L'Origine du « Paradoxe sur le comédien »,* Vrin, 1980.

Copeau (Jacques) : *Notes sur le métier de comédien,* Michel Brient, 1950.

Dussane (Béatrix), *Le Comédien sans paradoxe,* Plon, 1933.
Jouvet (Louis) : *Le Comédien désincarné,* Flammarion, 1950.

Duvignaud (Jean) : *L'Acteur, esquisse d'une sociologie du comédien,* Gallimard, Bibliothèque des Idées, 1965 ; nouvelle édition, L'Archipel, 1993.
Villiers (André) : *La Psychologie du comédien,* Lieutier, 1946.

Théorie et pratique du théâtre au XVIIIe siècle (1725-1775).

Rousseau (Jean-Jacques) : *Lettre à M. d'Alembert sur les spectacles,* 1757. Voir édition Jean Varloot, Gallimard, Folio, 1987.
Beaumarchais (P. A. Caron de) : *Essai sur le genre dramatique sérieux,* 1767. Voir in *Œuvres,* éd. Pierre Larthomas, Gallimard, Bibliothèque de la Pléiade, 1988.
Lessing (G. E.) : *Dramaturgie de Hambourg,* 1767-1769, première traduction française en 1785.
Mercier (Sébastien) : *Du théâtre ou Nouvel essai sur l'art dramatique,* 1773.

Rémond de Sainte-Albine (Pierre) : *Le Comédien,* 1747.
Riccoboni (Antoine-François) : *L'Art du théâtre,* 1750. Reproduit chez Slatkine, Genève, 1971.
Sticotti (Antonio Fabio) : *Garrick ou les Acteurs anglais, ouvrage contenant des observations sur l'art dramatique, sur l'art de la représentation et le jeu des acteurs,* 1769.
Hannetaire (J. N. Servandoni, dit d') : *Observations sur l'art du comédien et sur d'autres objets concernant cette profession en général,* 1774 (1re éd. en 1764).
Ligne (Ch. J., prince de) : *Lettres à Eugénie sur les spectacles,* 1774 et 1796.
On trouvera des extraits substantiels de ces deux derniers ouvrages dans :
L'Invention de la mise en scène, dix textes sur la représentation théâtrale (1750-1930), réunis et présentés par Jean-Marie Piemme, Bruxelles, éd. Labor, 1989.

Profils d'acteurs

Clairon (Hippolyte de Latude, dite) : *Mémoires de Mlle Clairon, actrice du Théâtre-Français, écrits par elle-même.* Collection des « Mémoires sur l'art dramatique », 1822 (première édition, an VII).

Dumesnil (Marie-Françoise) : *Mémoires de Mlle Dumesnil, en réponse aux mémoires d'Hippolyte Clairon,* Collection des « Mémoires sur l'art dramatique », 1823 (première édition, an VII).

Molé (François-René) : *Mémoires de M. Molé, précédés d'une notice sur cet acteur, par M. Étienne,* Collection des « Mémoires sur l'art dramatique », 1825 (première édition sans date).

Préville et Dazincourt : *Mémoires de Préville et de Dazincourt, revus, corrigés et augmentés d'une notice sur ces deux comédiens, par M. Ourry,* Collection des « Mémoires sur l'art dramatique », 1823.

Lyonnet (Henry) : *Dictionnaire des comédiens français,* 1904. Reproduit chez Slatkine, Genève, 1969.

NOTES

Page 33.

1. *L'ouvrage de votre ami :* il s'agit de *Garrick ou les Acteurs anglais,* par Antonio Sticotti, dont Diderot avait rendu compte dans la *Correspondance littéraire* des 15 octobre et 1er novembre 1770, voir la notice, p. 206.

Page 37.

1. *Tartuffe,* de Molière, acte III, scène 3.

2. David Garrick (1717-1779), acteur et directeur de théâtre anglais, dont la célébrité s'étendait à toute l'Europe. Après des débuts triomphaux en 1741 dans *Richard III* et *Le Roi Lear,* il continua à briller particulièrement dans l'interprétation de Shakespeare (*Macbeth* en 1744, *Roméo et Juliette,* etc.). Garrick acheta en 1747 le théâtre de Drury Lane, à Londres, qu'il dirigea jusqu'en 1776 avec un succès remarquable. Auteur de plusieurs pièces estimées, il a laissé d'intéressants *Mémoires,* publiés à Londres en 1780 et rapidement traduits en français.

Garrick a fortement impressionné Diderot, qui l'a rencontré au cours d'un long séjour que l'acteur a fait en France : le philosophe se réfère souvent à son art et fait volontiers état de ses propos.

Page 38.

1. *Au carrefour de Bussy :* c'est là que se trouvait la Comédie-Française, depuis 1689, rue des Fossés-Saint-Ger-

main (aujourd'hui rue de l'Ancienne-Comédie). Les Comédiens-Français se sont installés en 1770 dans la salle des Machines, aux Tuileries, en attendant de pouvoir inaugurer en 1782 le nouveau Théâtre-Français (rebaptisé Odéon en 1791).

Page 39.

1. Respectivement dans *Cinna,* de Corneille, dans *Zaïre,* de Voltaire, dans *Iphigénie,* de Racine et dans *Mahomet,* de Voltaire.

Page 40.

1. *Journalier :* inégal, variable selon les jours.

2. Claire Josèphe Hippolyte Léris de Latude, dite Mlle Clairon (1723-1803), fit des débuts étincelants à la Comédie-Française, en 1743, dans le rôle de Phèdre. Conseillée par Marmontel et Diderot, elle révolutionna l'art de dire le vers tragique en imposant une diction plus naturelle et plus simple, tout en contribuant avec Lekain à la réforme du costume dans le sens d'une plus grande vraisemblance historique. Cette grande tragédienne, à l'art soigneusement concerté, quitta la scène en 1765 après avoir joué les grands rôles du répertoire et créé les principaux personnages féminins de Voltaire. Après avoir vécu pendant une dizaine d'années à la cour du margrave d'Anspach, elle revint en France vers 1787, pauvre et oubliée. Elle a publié en 1799 de très intéressants *Mémoires* (voir la bibliographie, p. 212).

Page 41.

1. François Duquesnoy (1594-1642), sculpteur bruxellois, connu aussi sous le nom de François Flamand, fit l'essentiel de sa carrière à Rome, où il connut bien Poussin. Diderot avait déjà narré cette anecdote dans le *Salon* de 1767.

Page 42.

1. Marie-Françoise Marchand, dite Mlle Dumesnil (1713-1803), débuta à la Comédie-Française en 1737 dans le rôle de Clytemnestre (*Iphigénie*) et s'illustra dans les rôles de reines et de princesses. Rivale de Mlle Clairon, elle avait un grand sens de l'effet et savait susciter la terreur et la pitié tragiques. Retirée de la scène en 1776, elle a fait rédiger des *Mémoires,*

d'après ses notes, en réponse à ceux de Mlle Clairon (voir la bibliographie, p. 212).

Diderot n'a pas toujours été aussi réservé sur le talent de Mlle Dumesnil : il l'avait donnée, dans les *Entretiens sur « le Fils naturel »*, comme un exemple du génie inventif de la déclamation.

Page 43.

1. Comme l'a fait remarquer Paul Vernière, ce passage est à mettre en relation avec *Le Rêve de d'Alembert* : « Le grand homme, s'il a malheureusement reçu cette disposition naturelle [la sensibilité], s'occupera sans relâche à l'affaiblir, à la dominer, à se rendre maître de ses mouvements et à conserver à l'origine du faisceau tout son empire... »

Page 45.

1. *Zaïre,* acte IV, scène 3 et *Iphigénie,* acte II, scène 2.
2. *Recordée :* mise en mémoire, apprise par cœur.

Page 46.

1. *Le socque ou le cothurne déposé :* c'est-à-dire la représentation (comique ou tragique) terminée.
2. Cette image de la courtisane feignant la sensibilité avait été utilisée par Sainte-Albine et par Sticotti.

Page 48.

1. Cléopâtre dans *Rodogune,* Agrippine dans *Britannicus,* et Mérope, dans la pièce de Voltaire du même nom.

Page 49.

1. *Hippogriffe :* monstre fabuleux ailé, moitié cheval et moitié griffon, introduit en littérature par l'Arioste (chez qui il porte Astolphe sur la lune).

Page 50.

1. *Des êtres inconnus :* inconnus du public, parce qu'ils sont éloignés dans le temps ou dans l'espace.

Page 51.

1. La Clairon dit d'elle-même, dans une lettre à Meister :

« Vous savez que je suis très petite, et vous avez sûrement entendu dire qu'on me croyait près de six pieds » (*Mémoires*).

Page 52.

1. *Manière :* ici, maniérisme.

2. *Attroupés dans la rue :* Brecht s'est-il souvenu du passage qui commence ici, en faisant d'une scène de la rue un « modèle type d'une scène de théâtre épique » (*Écrits sur le théâtre,* L'Arche, 1963, pp. 137-147) ?

Page 54.

1. Henri-Louis Lekain (1729-1778), qui fit ses débuts à la Comédie-Française en 1750, en devint rapidement le principal et le plus célèbre tragédien. Connu pour son interprétation des grands rôles du répertoire (Oreste, Néron, Nicomède, etc.), il s'illustra aussi dans les tragédies de Voltaire, qui avait pour lui une grande admiration. On doit à Lekain plusieurs réformes importantes de l'art de la scène (dans le domaine du costume et dans celui du jeu, qu'il fondait sur le mouvement encore plus que sur la déclamation) et l'un des premiers projets cohérents de fondation d'une école pour les acteurs, associée à la Comédie-Française : dès 1756, il adressa aux premiers gentilshommes de la chambre du Roi un mémoire en ce sens, appuyé par ses camarades Préville et Bellecourt ; il revint à la charge en 1774 auprès de Louis XVI, et il obtint de lui le privilège d'ouvrir une école, qui fonctionna, semble-t-il, pendant deux ou trois ans, en attendant l'institution, dix ans plus tard, de l'École royale de musique et de déclamation (première forme de nos deux grands Conservatoires).

Page 55.

1. *Signé :* poinçonné, en termes d'orfèvrerie.

2. Michel Boyron, dit Baron (1653-1729), élève et ami de Molière, qui l'engagea dans sa troupe dès 1666. Devenu très vite célèbre et surnommé le Roscius de son siècle, aussi à l'aise dans la comédie que dans la tragédie, il quitta le théâtre en 1691, onze ans après la fondation de la Comédie-Française, alors qu'il était au plus haut de son talent et de sa renommée (il avait créé notamment les plus beaux rôles de Racine et de Molière). Baron revint à la scène en 1720, à l'âge de soixante-

sept ans, pour jouer dans *Le Comte d'Essex*, de Thomas
Corneille, puis dans un répertoire élargi, mais sans jamais
quitter son emploi de jeune premier.

3. Jeanne-Catherine Gaussem, dite Mlle Gaussin (1711-
1767), fit ses débuts en 1731 à la Comédie-Française, où elle
s'illustra d'emblée dans Junie, Andromaque et Bérénice, avant
de triompher en 1732 dans le rôle-titre de *Zaïre,* à la création
de cette pièce. La Gaussin poursuivit sa carrière jusqu'en 1763,
après avoir repris cette année-là les deux pièces dont parle
Diderot : *L'Oracle,* de Poullain de Sainte-Foix, créé en 1740,
et *La Pupille,* de Fagan, comédie en un acte jouée pour la
première fois en 1734.

Page 56.

1. *Une actrice de dix-sept ans :* allusion à Mlle Raucourt
(voir note 1 de la page 107), qui débuta à seize ans.

2. François-René Molet, dit Molé (1734-1802), ne fut reçu à
la Comédie-Française que plusieurs années après ses débuts en
1754. Il excella surtout dans la comédie (il fit un triomphe en
1761 dans le rôle de Lindor, personnage de *Heureusement,* de
Rochon de Chabannes), et dans le drame : il joua Saint-Albin à
la reprise en 1769 du *Père de famille,* de Diderot, et le rôle-titre
dans le *Beverley* de Saurin, qu'il conduisit à un immense succès
(1768). Extrêmement populaire, il continua à jouer dans la
dernière décennie du siècle, après la dissolution de la Comédie-Française.

Page 57.

1. La scène qui suit est imitée de *L'Art de la comédie* (1772),
de Cailhava de l'Estandoux (1730-1813), qui a plus de mérites
comme auteur dramatique (il a écrit plusieurs comédies) que
comme théoricien.

Page 60.

1. Cette scène est tirée du *Préjugé à la mode,* de Nivelle de
La Chaussée, où Mlle Gaussin tenait le rôle de Constance à la
création (1735) ; la même comédienne créa le rôle-titre de
Mélanide (1741), du même auteur.

Page 61.

1. ... *débarrasse notre scène :* cette réforme, qui excluait les spectateurs de la scène, fut obtenue le 23 avril 1759 par le comte de Lauraguais (1733-1824), qui versa 30 000 livres aux Comédiens-Français pour les dédommager de leur manque à gagner. Molé, Voltaire, Diderot et beaucoup d'autres avaient réclamé cette mesure avec insistance.

Page 62.

1. Garrick était célèbre par son art de la pantomime, qui enthousiasmait Diderot (voir la *Lettre à Madame Riccoboni*, p. 133). Quant à la scène du poignard, évoquée plus loin, elle est dans *Macbeth* : Diderot avait vu Garrick jouer cette scène, en privé (voir *Correspondance littéraire*, juillet 1765).

Page 63.

1. ... *dans un ouvrage de théâtre :* il s'agit de *La Pièce et le Prologue,* première esquisse de ce qui allait devenir en 1781 *Est-il bon ? Est-il méchant ?.*

2. *Le Philosophe sans le savoir* a été créé le 2 décembre 1765. Diderot a toujours proclamé son admiration pour Sedaine.

Page 64.

1. Necker a été nommé directeur général des finances le 29 juin 1777 : voilà qui permet d'affirmer que Diderot travaillait encore au *Paradoxe* dans les mois qui ont suivi cette date.

Page 65.

1. *Le Déserteur,* drame en trois actes mêlé de musique, fut créé chez les Italiens le 6 mars 1769 ; *Maillard ou Paris sauvé,* tragédie en cinq actes et en prose, arrêtée par la censure en 1770, fut jouée en privé beaucoup plus tard et publiée en 1788. Diderot connaissait bien cette œuvre, puisque Sedaine l'avait chargé de la revoir.

2. *Théologal :* chanoine chargé d'enseigner la théologie dans un chapitre.

Page 66.

1. Cet épisode est confirmé par les *Mémoires* de Mme de

Vandeul. Le littérateur, en faveur duquel Diderot était intervenu, s'appelait Pierre-Louis Rivière, auteur de deux romans galants ; son frère, théologal à Notre-Dame de Paris, était l'abbé Bonaventure Rivière, dit Pelvert.

Page 68.

1. *N'échappant :* n'évitant, ne laissant échapper.

Page 69.

1. *Inès de Castro :* cette tragédie de Houdar de La Motte fut créée en 1723 par Mlle Duclos (vers 1664-1748), alors qu'elle avait cinquante-neuf ans. Entrée à la Comédie-Française en 1693, Marie-Anne de Châteauneuf, dite Mlle Duclos, y joua les reines de tragédie (Phèdre, Didon). Connue pour son usage immodéré du pathétique et de l'enflure déclamatoire, elle quitta la scène en 1733.

2. Abraham-Alexis Quinault, dit Quinault-Dufresne (1693-1767), débuta à la Comédie-Française en 1712, où il joua les premiers rôles tragiques et comiques jusqu'en 1741, année de sa retraite. C'est en 1737 qu'il reprit pour la dernière fois le rôle de Sévère, évoqué ici par Diderot. Sa sœur, Jeanne-Françoise (1701-1783), qui excella à la Comédie-Française dans les rôles de soubrette, fut l'amie de Diderot et de d'Alembert.

3. *Lekain-Ninias :* créée en 1748, la *Sémiramis* de Voltaire fut reprise entre 1756 et 1759 avec Lekain dans le rôle de Ninias, qui, à la fin de la pièce, tue sa mère, la reine de Babylone Sémiramis, alors qu'il croyait mettre à mort le prince Assur, assassin de son père avec la complicité de la reine.

Page 71.

1. *Le commis Billard :* Billard, caissier général de la poste, fit banqueroute en 1769 et fut condamné au pilori en 1772 ; son directeur, l'abbé Grizel, était impliqué dans l'affaire ; Toinard, fermier général connu pour son extrême avarice.

2. Louis Lagrenée (1725-1805), peintre, élève de Carle Van Loo, directeur de l'Académie de France à Rome en 1781. Diderot fait allusion au Salon de 1767, où Lagrenée exposa deux petits tableaux, *La Poésie* et *La Philosophie,* acquis par notre auteur.

Page 73.

1. *Un tableau de Raphaël :* il s'agit de la *Sainte Famille,* dite aussi *La Madone avec saint Joseph imberbe.* Ce tableau figurait dans l'extraordinaire collection de Louis-Antoine Crozat, baron de Thiers, principal héritier de Pierre Crozat (1665-1740), probablement le plus grand collectionneur du XVIIIᵉ siècle. La collection Thiers fut tout entière achetée en 1771 par Diderot et Tronchin, pour le compte de Catherine II, et elle constitua le noyau du musée de l'Ermitage de Saint-Pétersbourg.

Page 74.

1. *M. Suard :* Jean-Baptiste Suard (1732-1817) dirigea *La Gazette littéraire de l'Europe* et fut censeur dramatique de 1774 à 1790.

2. *Mme Necker :* née Suzanne Curchod de Nasse, fille d'un ministre calviniste suisse, elle tint à Paris un salon littéraire et elle fonda l'hôpital Necker (1739-1794).

3. *Le Glorieux :* Quinault-Dufresne joua le rôle-titre du *Glorieux* de Destouches l'année même où il prit sa retraite, en 1741. Un peu plus loin, allusion au rôle d'Orosmane, dans *Zaïre,* interprété par le même acteur, et à la reprise du *Préjugé à la mode,* de Nivelle de La Chaussée, créé en 1735 par Quinault-Dufresne et Mlle Gaussin.

Page 75.

1. *Le morceau sur la Beauté en général :* il s'agit de la préface du *Salon* de 1767.

2. Lesage de Montménil (1703-1743), fils de l'auteur de *Gil Blas,* fit ses débuts à la Comédie-Française en 1726.

Page 76.

1. *Le Grondeur* (1691), de Brueys et Palaprat, *Le Flatteur* (1696), de Jean-Baptiste Rousseau, *Le Joueur* (1696) de Regnard.

2. *Atrée, Phocas :* respectivement dans *Atrée et Thyeste* (1707), de Crébillon, et dans *Héraclius,* de Corneille.

Page 77.

1. *... bestiam mugientem :* si vous aviez entendu le rugissement de la bête elle-même (Saint Jérôme, *Lettres,* 53, 2).

Page 78.

1. *Cinna,* acte I, scène 3.

2. ... *le cœur de son amant :* scène de *Gabrielle de Vergy,* tragédie de Belloy (1727-1775), éditée en 1770 et portée à la scène en 1777.

Page 80.

1. ... *un pareil sujet :* Diderot a résumé ici son canevas intitulé *Le Shérif,* en chantier depuis 1769 et qui n'aboutira jamais à la pièce espérée.

Page 81.

1. *Roscius :* célèbre acteur romain, protégé de Sylla et ami de Cicéron, devenu le symbole même du génie théâtral.

Page 83.

1. *Le gentilhomme de la chambre :* l'un des quatre gentils-hommes de la chambre du Roi (ordinairement des ducs et des pairs) était en charge de la surintendance de tous les « divertissements du Roi », au premier rang desquels les arts du spectacle.

Page 84.

1. Marie-Anne Botot, dite Mlle Dangeville (1714-1796), dansa à l'Opéra avant de débuter en 1730 à la Comédie-Française, où elle se fit une spécialité des emplois de sou-brette.

Page 86.

1. Jean-Baptiste Brizard (1721-1791) entra à la Comédie-Française en 1757 et s'y fit remarquer jusqu'à sa retraite (1766) dans les emplois de père noble. Il a interprété plusieurs grands rôles de Voltaire et joué dans *Le Père de famille.*

2. Joseph Caillot (1732-1816) avait débuté à la Comédie-Italienne en 1760, puis à la Comédie-Française en 1766 : les philosophes ont fait souvent l'éloge de sa vertu.

Page 88.

1. Le *magistrat de la police :* il s'agit de Gabriel de Sartine

(1729-1801), nommé lieutenant général de la police en 1759, puis ministre de la Marine en 1774. C'était un ami de Diderot.

Page 89.

1. ... *un millier d'écus :* allusion à la reprise du *Père de famille,* pour neuf représentations, en août-septembre 1769. La recette du 19 août avoisina en effet les mille écus.

Page 90.

1. ...*deux ou trois scélérats :* sans doute, Fréron, Palissot et Moreau, ennemis jurés de Diderot, des Encyclopédistes et des Philosophes, qui attaquèrent violemment *Le Père de famille* en 1758.

Page 96.

1. ... *la rodomontade de Madrid :* voir la lettre VII à Mlle Jodin (p. 167), où Diderot avait formulé le même reproche à l'encontre de Corneille : « Corneille, écrivait-il, est presque toujours à Madrid et presque jamais dans Rome. »

2. *Nombreux :* harmonieux.

Page 97.

1. *Il dit :* Diderot, dans le paragraphe qui suit, paraphrase une ode célèbre d'Horace (livre III, ode V).

Page 99.

1. ... *son diaphragme :* voir *Le Rêve de d'Alembert,* où le médecin Bordeu dit : « Mais qu'est-ce qu'un être sensible ? Un être abandonné à la discrétion du diaphragme. » La théorie du diaphragme supposait l'existence d'un siège physiologique de la sensibilité.

Page 100.

1. L'abbé Ferdinando Galiani (1728-1787), célèbre économiste napolitain, disciple de Vico, se lia d'amitié avec Grimm, d'Holbach, Diderot et Mme d'Épinay au cours du long séjour qu'il fit à Paris. L'abbé Galiani a en effet annoncé à Mme d'Épinay, dans une lettre de 1773, le succès remporté à Naples par *Le Père de famille,* à l'occasion de la tournée d'une troupe française : « Le roi a applaudi infiniment cette pièce [...]. Dites

ceci à Diderot, dites-lui que mes Napolitains sont convaincus
que sa pièce est la meilleure de tout le théâtre français. »

2. Le marquis Domenico de Caraccioli (1715-1789), membre d'une illustre famille napolitaine, fut successivement
ambassadeur du roi de Naples à Londres et à Paris (1770),
ministre des Affaires étrangères et vice-roi de Sicile. Au cours
de son séjour à Paris, il se lia avec les Encyclopédistes, dont il
chercha à appliquer des idées.

Page 101.

1. *Une anecdote que j'ignorais :* voir la notice consacrée au
Paradoxe, p. 205.

Page 102.

1. *Mme Riccoboni :* voir p. 207, la notice concernant la
Lettre à Madame Riccoboni.

Page 104.

1. *La princesse de Galitzin :* épouse du prince russe Dimitri
Galitzine, ambassadeur à Paris (1765), puis à La Haye (1769).

Page 107.

1. Marie-Antoinette Saucerotte, dite Mlle Raucourt (1756-
1815), débuta à la Comédie-Française en 1772 dans le rôle de
Didon (dans *Énée et Didon,* de Lefranc de Pompignan).
Opposée à la Révolution, elle échappa de justesse à la
guillotine, puis elle reprit sa carrière à partir de 1796.
Bonaparte la chargea d'organiser les tournées de troupes
théâtrales françaises en Italie. Réputée pour son saphisme et
très connue du public, elle mourut en 1815. Le curé de Saint-
Roch tenta de lui refuser des obsèques religieuses, mais il dut
céder à l'injonction de Louis XVIII et l'enterrer devant une
foule énorme.

2. Adrienne Lecouvreur (1692-1730), qui entra en 1717 à la
Comédie-Française (dans le rôle-titre d'*Électre* de Crébillon), passait pour la plus grande actrice tragique de sa
génération : elle joua Jocaste, Athalie, Roxane, Phèdre, etc.
Elle mourut à trente-huit ans dans des circonstances obscures,
et elle fut enterrée de nuit, privée d'obsèques religieuses, à la
grande indignation de Voltaire, en particulier.

3. Catherine Dupré, dite Mlle de Seine (1706-1759), entra à la Comédie-Française en 1724 sur la demande expresse de Louis XV. Mariée à Quinault-Dufresne, elle interrompit sa carrière dès 1735 : réfugiée en Hollande pour échapper à une lettre de cachet, elle prit sa retraite l'année suivante.

4. Marguerite de Balicourt, qui débuta en 1727 à la Comédie-Française dans le rôle de Cléopâtre (*Rodogune*), fit une carrière assez brève et au demeurant obscure.

Page 108.

1. Jean-Baptiste Pigalle (1714-1785) : ce grand sculpteur, qui fut puissamment aidé par Mme de Pompadour, a laissé une œuvre importante, à travers laquelle on peut relever un tombeau du maréchal de Saxe à Strasbourg, une statue de Voltaire, un *Mercure*, un *Narcisse,* une *Fillette à l'oiseau,* des bustes de Diderot, Crébillon, Mme de Pompadour, etc.

Page 109.

1. *Léontine* : dans l'*Héraclius* de Corneille.

Page 110.

1. ... *sibi constet* : qu'il demeure égal à lui-même tel qu'il s'est montré au début (Horace, *Art poétique*).

2. Jean-Baptiste Nicolet (1728-1796), directeur de théâtres forains, fit construire en 1759, boulevard du Temple, un théâtre qui fut très couru pour ses pantomimes. On disait couramment à l'époque : « c'est de plus en plus fort, comme chez Nicolet ».

Page 116.

1. Sophie Arnould (vers 1746-1802), qui fit ses débuts à l'Opéra en 1757, était tout aussi connue pour sa voix touchante que pour ses bons mots (dont il a été fait un recueil en 1813, sous le titre d'*Arnoldiana*). L'anecdote ici rapportée se réfère à la reprise en 1764 de *Castor et Pollux,* de Jean-Philippe Rameau, où Sophie Arnould incarnait Télaïre.

Page 118.

1. Cette anecdote a été effectivement rapportée dans le numéro du 6 novembre 1773 du *Saint James Chronicle*.

2. *Paulus* : comme il l'indique, Diderot paraphrase ici un passage des *Nuits attiques* (VI, 5) d'Aulu-Gelle. Il faut noter cependant un lapsus de l'auteur : c'est l'Électre de Sophocle qu'interprétait Polus.

3. *Aesopus :* Diderot cite ici Plutarque *(Vie de Cicéron),* en reprenant la traduction d'Amyot.

Page 119.

1. *Au mont Tarpéien :* nous disons plus couramment « la roche tarpéienne », du haut de laquelle on précipitait à Rome les condamnés à mort.

LETTRE À MADAME RICCOBONI

Page 124.

1. *Germeuil :* personnage du *Père de famille,* qui, à la fin de la pièce, épouse Cécile.

2. *Siphax :* ce roi de Numidie, allié des Romains, se retourna contre eux après avoir épousé Sophonisbe, fille du Carthaginois Hasdrubal.

3. *Du monde sur leur théâtre :* voir p. 61 et note 1.

Page 125.

1. *Cécile et le commandeur :* dans *Le Père de famille,* Cécile est la fille de M. d'Orbesson, le père de famille, et le commandeur d'Auvilé est son beau-frère.

Page 127.

1. *Fanny :* Diderot donne à Mme Riccoboni le prénom de son héroïne, Fanny Butler.

Page 129.

1. *L'architriclin :* « Familièrement, dit Littré, celui qui organise un repas. »

Page 130.

1. *Timante :* peintre grec, né vers 400 avant J.-C. Son chef-d'œuvre, très imité, est *Le Sacrifice d'Iphigénie.*

2. Les Van Loo étaient une véritable dynastie de peintres,

hollandais d'origine et presque tous fixés en France. Le plus célèbre d'entre eux était Carle (1705-1765), premier peintre du Roi et membre de l'Académie.

Page 133.

1. *M. le duc de Duras :* sans doute Emmanuel, duc de Duras (1715-1789), maréchal et pair de France, membre de l'Académie française.

Page 134.

1. Jacques de Vaucanson (1709-1782) était célèbre dans toute l'Europe pour ses chefs-d'œuvre de mécanique et, en particulier, pour ses automates. Il présenta son *Joueur de flûte* en 1738 à l'Académie des sciences, où il devait être admis dix ans plus tard.

Page 135.

1. *Paméla, Clarisse, Grandisson :* ce sont les titres résumés des trois célèbres romans épistolaires de Samuel Richardson (1689-1761), que Diderot admirait vivement et à qui il consacra en 1762 un vibrant *Éloge.*

Page 137.

1. *Sophie et Mme Hébert :* personnages du *Père de famille.* Sophie, présentée d'abord comme une « jeune inconnue », se révélera être la nièce du Commandeur et elle épousera Saint-Albin ; Mme Hébert est son « hôtesse ».

Page 138.

1. *Daves :* Davus était le nom généralement donné à l'esclave dans la comédie latine ; Diderot désigne ainsi souvent les valets de comédie.

Page 139.

1. « Ma Glycère…, pourquoi te faire mourir ? »
2. « Alors elle, d'une manière qui rendait évident leur amour, elle se jeta sur lui en pleurant » (*L'Andrienne,* acte I, scène 1).

Page 140.

1. ... *vos projets :* dans le *Catilina* de Crébillon, c'est Cicéron qui prononce ce vers (acte IV, scène II).

Page 141.

1. ... *vertueux et nouveau :* Diderot cite les termes d'une lettre que Voltaire venait de lui écrire (le 16 novembre).

2. *Votre ouvrage :* il s'agit du roman de Mme Riccoboni, à paraître au début de 1759, intitulé *Lettres de milady Juliette Catesby à milady Henriette Campley, son amie.* Diderot en avait probablement lu le manuscrit ou des épreuves.

Page 143.

1. ... *des peines :* allusion aux difficultés que rencontrait l'*Encyclopédie,* qui allaient aboutir à son interdiction en février 1759.

LETTRES À MADEMOISELLE JODIN

Page 147.

1. Madeleine Jodin est à Varsovie depuis peu de temps, avec la troupe de Josse Rousselois, qui sera officiellement agréée le 13 septembre par le comte Tomatis, directeur général des spectacles du roi de Pologne. Le contrat de Mlle Jodin, « reine et caractère », sera établi pour deux ans, à compter du 1er avril 1766, tandis que celui de Rousselois, directeur et régisseur, l'est pour trois ans et quatre mois, dès la formation de la compagnie. Comme il était d'usage au XVIIIe siècle, chaque acteur est désigné pour remplir un ou des emplois déterminés. Ainsi, dans cette troupe, Rousselois est « roi, père noble, manteau, paysan, grime et financier », Clavareau « premier rôle masculin en tout genre » et ses filles Lucie et Victoire sont désignées respectivement comme suit : « première soubrette, et chante », « jeune premier rôle, et chante ».

Page 149.

1. ... *dans un puits :* ou, plus exactement, par une fenêtre.

Diderot, en effet, avait raconté ce trait dans sa *Lettre à Madame Riccoboni,* datée du 27 novembre 1758 (voir p. 133).

Page 150.

1. *Votre maman :* Mme Jodin, qui transparaît à travers les lettres de Diderot comme une femme simple, pour ne pas dire simplette, et aussi exigeante qu'avide, a joint un billet à la présente lettre : « Je n'ai que toit dans l'esprit par ce que tu m'écrira et que tu manvera quel chose de tes bienfaits adresse à Mr Diderot. Car il n'y a queux en qui je puisse me confier... » Mme Diderot a profité du même courrier pour demander à Madeleine Jodin, avec une orthographe tout aussi particulière, de la martre pour faire la bordure d'une pelisse.

Page 151.

1. *Vous êtes violente :* c'est le moins qu'on puisse dire, comme on s'en apercevra au fil de cette correspondance. A Varsovie, Rousselois s'est plaint de la jeune comédienne dans un rapport adressé à l'intendant des spectacles, à la suite d'un incident burlesque. Ayant envoyé un billet de service à Madeleine Jodin, sans y porter en toutes lettres la suscription de Mademoiselle, il se fit quereller par elle, puis :

« Sur ces réponses choquantes, j'ai voulu rentrer dans mon cabinet, après lui avoir dit que je ne répondais rien à une femme. Ce mot l'ayant irritée au point de me dire des sottises fort atroces, j'ai laissé échapper le mot de salope ; alors, j'ai été traité de maq., de vendeur de filles, et de plusieurs autres épithètes aussi vives... » Un M. d'Hercourt ou d'Harcourt s'étant interposé, Mlle Jodin fit une plaisanterie sur son nom et, la discussion s'envenimant, « elle lui a craché au visage, et M. Dhercour, n'étant pas le maître du premier mouvement que cause un affront si sanglant, lui a donné un coup de pied... » (cité par Georges Roth, *Correspondance* de Diderot, août 1765).

Page 152.

1. Date probable, la lettre n'étant pas datée.

Page 153.

1. *Un homme habile et sensé :* c'est l'amant en titre (et qui le

restera au moins jusqu'en 1769) de Madeleine Jodin, le comte
Werner von Schulenburg, alors âgé de vingt-neuf ans.

Page 156.

1. ... *ou de Zénobie :* tous ces personnages de Voltaire
avaient été joués par Mlle Clairon, dont Mlle Jodin reprend les
rôles à Varsovie.

Page 159.

1. Lettre non datée.

Page 160.

1. ... *ne remonte pas :* Mlle Clairon a confirmé en 1766 son
retrait de la scène, effectif depuis l'année précédente (voir n. 2
de la p. 40).

2. *Une jeune fille :* il s'agit de Mlle Sainval, qui fit ses débuts
à la Comédie-Française en mai 1766, à vingt et un ans ; elle se
retira en 1779.

Page 161.

1. Cette lettre, non datée, est adressée « A Mademoiselle/
mademoiselle Jodin/actrice dans la troupe des comédiens du
Roi de Pologne/à Warsovie ».

Page 163.

1. *Les Allemands :* ce n'est pas un lapsus. Diderot avait
écrit et biffé *les Polonais* ; sans doute Mlle Jodin lui avait-elle
fait part de son projet d'engagement à Dresde, qui ne se
réalisera pas.

2. Mme Diderot a joint quelques lignes à cette lettre, pour
recommander à Mlle Jodin de ne pas rapporter à sa mère ou à
un certain M. Vogée (sans doute Roger) ce que son mari lui
mande.

Page 164.

1. Il est à croire que Mlle Jodin rêvait de faire ses débuts à
Paris. En fait, à son retour en France, c'est à Bordeaux qu'elle
sera engagée (voir plus loin).

Page 165.

1. *Votre oncle :* il ne s'agit pas de Pierre Jodin, qui fut le subrogé tuteur de Madeleine jusqu'à sa majorité en 1762, mais d'un frère de sa mère, qui allait se révéler de plus en plus indélicat.

2. *Vos surnoms :* vos prénoms.

Page 166.

1. *La mère et l'enfant :* Mme Diderot et Angélique, alors âgée d'un peu plus de treize ans.

Page 167.

1. *À Pétersbourg :* Diderot reviendra à la charge dans sa lettre du 21 février 1768 ; il avait visiblement recommandé sa protégée, en faisant taire ses doutes sur la réalité de son talent.

2. *Corneille :* Diderot reprendra une formulation voisine dans le *Paradoxe* (voir p. 96).

Page 168.

1. *Un rôle de Racine :* Diderot citera le même propos de Garrick dans le *Paradoxe* (voir p. 37).

2. Lettre sans date, adressée « A mademoiselle/mademoiselle Jodin, actrice, au service de Sa Majesté le roi de Pologne/ à Varsovie », mais il semble bien que les postes l'aient fait suivre à Dresde et qu'elle soit revenue à Breslau le 31 juillet.

3. *... Mme votre mère :* on peut en déduire que Mme Jodin était alors en visite auprès de sa fille.

Page 169.

1. *Tourton et Baur :* c'est le nom d'une importante banque parisienne fondée par le Genevois Christophe Baur, en association avec Tourton et Sartorius.

Page 170.

1. *Quinault-Dufresne :* voir n. 2 de la p. 69.

Page 172.

1. Mlle Jodin a eu visiblement des ennuis à Dresde, capitale du royaume de Saxe, et elle se prépare à lever le camp. Voilà encore un exemple de son humeur batailleuse.

2. *Aufresne :* ce comédien genevois (1728-1806), qui avait débuté à la Comédie-Française en 1765, suscita tant d'inimitiés parmi ses camarades qu'il dut quitter la maison au bout de quelques mois pour aller s'employer avec succès en Prusse, puis en Russie. Mlle Jodin n'a pas encore renoncé, semble-t-il, à poursuivre sa carrière à Paris.

Page 173.

1. *Votre pension sur le roi :* il s'agit d'une pension de deux cents livres, versée aux protestants convertis. Diderot en parlera très explicitement plus tard dans une lettre à Sophie Volland (voir p. 193, note 1).

2. *Van Eycken :* on sait seulement de ce personnage que c'était un des innombrables joueurs professionnels qui sillonnaient alors l'Europe.

Page 175.

1. Diderot a écrit cette lettre cinq jours après la précédente, adressée à Dresde, où la destinataire était supposée se trouver encore. Il adresse celle-ci « à Saltz-Vedel, près de Magdebourg dans le Brandbourg ».

2. *M. Belle :* joaillier, ami de Diderot.

Page 176.

1. À la lettre de Diderot, est joint un billet de Mme Jodin, daté du 16 juillet et écrit avec la même inimitable orthographe : « Tu me faices espaier par tes leitre que tu viendras a paris avec Mr le conte. tu napabesoins de cercher dotre autelle que le mien car il les forgolis vous is pouves loges tous les deux. » A la suite de quoi, Mme Jodin met sa fille en garde contre sa femme de chambre qui raconte à ses camarades tout ce qui se passe chez le comte et chez elle. Et ceci, pour finir : « Si tu veux, asures de mais repet Mr tu et la maitresse si tu le trouve a propo. »

2. Cette lettre est adressée « À Mademoiselle /Mademoiselle Jodin /chez Monsieur le Comte de Schulembourg /à Bordeaux ». Curieuse imprécision.

Page 180.

1. L'adresse est cette fois-ci : « À Mademoiselle /mademoi-

selle Jodin/ chez M. Jambellant/marchand sellier/rue Porte Basse/à Bordeaux ».

Page 181.

1. *Votre nièce :* cette jeune personne est la cousine de Madeleine Jodin.

Page 186.

1. *Cornettes :* « sorte de coiffure de femme en déshabillé » (Littré).

2. *Siamoise :* étoffe en soie mêlée de coton.

3. *Maman :* Diderot retrace ici à sa manière l'histoire de Mme Geoffrin (1699-1777). Demeurée veuve, alors qu'elle était encore fort jeune, elle tint un salon dont la réputation fit le tour de l'Europe : Stanislas Poniatowski, qui l'appelait sa mère, l'invita, en effet, à Varsovie après son avènement au trône. Mme Geoffrin, connue pour sa générosité, soutint amplement l'*Encyclopédie,* et elle demeura jusqu'au bout l'amie des philosophes.

4. *Juste :* habit de paysanne, très près du corps.

5. *A la cour d'un souverain :* c'est l'histoire, vivement résumée de Mme du Barry (1743-1793), maîtresse de Louis XV de 1769 jusqu'à la mort du souverain en 1774.

6. *Fil d'archal :* fil de laiton.

Page 187.

1. *Un artiste :* Greuze, presque certainement.

Page 188.

1. Lettre adressée comme la précédente chez M. Jambellant, sellier à Bordeaux.

Page 189.

1. Toujours à la même adresse.

2. Catherine Lemaure (1704-1786) fit ses débuts à l'Opéra de Paris en 1730 et elle abandonna la scène treize ans plus tard, après une brillante carrière de cantatrice.

Page 193.

1. *Mes vieux sermons :* Diderot était-il déjà au courant de la dernière frasque de sa protégée, qui remontait sans doute à la

dernière Fête-Dieu (en mai ou juin) ? Voici ce qu'il écrivait deux mois plus tard à Sophie Volland, en septembre 1769 : « Ma comédienne de Bordeaux me ferait enrager, si je m'y intéressais jusqu'à un certain point. Imaginez qu'elle est fille de protestants et qu'elle jouit d'une pension de deux cents livres en qualité de nouvelle convertie. Eh bien, cette nouvelle convertie-là, qui touche tous les ans deux cents francs pour se mettre à genoux quand le bon dieu passe, s'est avisée de s'en moquer un jour qu'il passait. On a rapporté ses propos au procureur général. Elle a été décrétée, prise, et mise en prison, d'où elle n'est sortie qu'à force d'argent. »

2. Cette lettre, qui clôt la correspondance de Diderot avec Mlle Jodin, telle que nous la connaissons, est difficile à dater avec davantage de précision. Le philosophe parle, comme si de rien n'était, de la pension de sa protégée, ce qui ne manque pas de surprendre si l'on se réfère à la note 1 de la p. 193.

Impression Liberdúplex
à Barcelone, le 3 décembre 2004
Dépôt légal : décembre 2004
Premier dépôt légal dans la collection : avril 1994

ISBN 2-07-038856-5./Imprimé en Espagne.